我欲乘风飞去

——许大立报告文学集

许大立　著

中国言实出版社

图书在版编目（CIP）数据

我欲乘风飞去：许大立报告文学集 / 许大立著 . --
北京 : 中国言实出版社，2023.12
ISBN 978-7-5171-4656-8

Ⅰ . ①我… Ⅱ . ①许… Ⅲ . ①报告文学 - 作品集 - 中
国 - 当代 Ⅳ . ①I25

中国国家版本馆 CIP 数据核字（2023）第 208271 号

我欲乘风飞去——许大立报告文学集

责任编辑：李 岩 薛 磊
责任校对：朱中原

出版发行：中国言实出版社
　　地　　址：北京市朝阳区北苑路180号加利大厦5号楼105室
　　邮　　编：100101
　　编辑部：北京市海淀区花园路6号院B座6层
　　邮　　编：100088
　　电　　话：010-64924853（总编室）　010-64924716（发行部）
　　网　　址：www.zgyscbs.cn　电子邮箱：zgyscbs@263.net

经　　销：新华书店
印　　刷：北京中科印刷有限公司
版　　次：2024年4月第1版　2024年4月第1次印刷
规　　格：710毫米×1000毫米　1/16　11.25印张
字　　数：170千字

定　　价：68.00元
书　　号：ISBN 978-7-5171-4656-8

目录
CONTENTS

第一部分 焦点

第二部分 繁花

第一部分

焦点

最后的抉择

——三峡大坝背后的故事

杨彪说

回头看看，
世界上哪一座水库、
哪一座大坝
没有成为
游人如织的地方呢？

本文首发于《四川日报》，并被报刊大量转载。

黄济人说，你应该去访一访杨彪

这一天是 1992 年 3 月 14 日，山城重庆，春光烂漫，空气里满是浓郁的花香。

我急急赶往两路口重庆作协主席黄济人家中，去取预约文稿。被作家们戏称为"国会议员"的黄济人，次日将先期赴京参加七届人大五次会议，兴奋之情溢于言表。在他家客厅里坐定，听他谈邓小平特区之行，谈世人已广泛议论、本次人大的中心议题长江三峡工程，更是亢奋不已。

谈话中，黄济人突然问我："你知不知道杨彪？"

"不知道。"我漠然答道，"他是谁？"

"嗨！还真是一个人物，装了一肚子的三峡工程资料，现在是市政府三峡工程办公室的副总工程师，你应该去好好采访一下他。"黄济人把他夸上了天。

正在搜集三峡工程材料的我立马兴奋起来，决定尽快找到杨彪，向他了解最真实的情况。

杨彪说，"150方案"差一点就成了事实

几经周折，我找到杨彪时已是 3 月 29 日。其时，七届人大五次会议正在召开，三峡工程已成为全世界的热点和话题。在他那间堆满书籍、资料的房间里，他感慨万端。梦想 70 余载，调查 50 多年，论证 40 个春秋，争论 30 个冬夏，终于将作出抉择，这其中包含了他和他的同事们多少血汗和希望啊！

突然，他话锋一转："你知道吗？ 80 年代中期，'150 方案'差一点就成了事实，中央下了决心，小平同志也点了头……"

"那为何没有动工？"我急忙问。

"主要是重庆市委、市政府根据重庆的实际情况提出了建设性意见，引起了党中央、国务院的高度重视。"

1984 年 4 月，国务院原则批准了"150 方案"，工程前期准备加紧进行并即将正式动工。此时，重庆市委、市政府以科学的态度、求实的精神，对此进行了认真研究，从重庆市、大西南和全国经济发展的角度出发，以航运和泥沙问题为重点，组织市有关部门和专家，对"150 方案"进行了追踪调查研究。

"你参加了这次调查研究吗？"我问。

"参加了。"杨答，"说句实话，那时心理压力很大，'150 方案'是中央定了的，我们再去调查，提出不同意见，合适吗？当时去了 10 多人，最后只剩下两个，其中一个是我。但我们相信，中央是实事求是的，是公正的，这项工程必须经得起历史的检验，因为它关系到亿万人民的生命和幸福。"

1984 年 6 月，"150 方案"追踪调查研究小组沿长江两岸进行了艰苦细致的调研工作，于去年形成了《对长江三峡工程的一些看法和意见》（即《重庆市对三峡工程 150 米方案的追踪调查研究》），并以市委、市政府文件形式呈报中央，大胆建议中央采纳 180 米水位（坝高 185 米）方案，放弃"150 方案"。

"那么，'150 方案'弊在何处呢？"

"综合效益太差，发电、防洪两方面都不能满足高速发展的国家经济

和国计民生的需求。更不利的是，'150方案'坝高175米，水位为150米，其低水位尾水在涪陵，高水位在长寿附近，这样作为西南最大工业城市的重庆并不能得其惠，反而受其害！为什么？万吨船队到不了重庆港，而整个西南80%的货运在此集散，加之泥沙淤积，重庆港几十年后岂不成了死港！后又有人建议采用'160方案'，将重庆港下移到长寿，可那样一搞，修码头，建铁路、公路又要几十亿人民币，不合算，如果搞'150方案'，重庆这个大工业城市的经济就会萎缩、停滞，港口的功能就会逐渐被万县取代，这种代价合算吗……"

的确难以想象，如果三峡水库尾水仅在涪陵、长寿一带，重庆几十年后会变成什么模样？近在咫尺而又挨不着边的三峡水库非但不会给重庆带来经济上的效益，航道堵塞造成的"出浅碍航"将使其失去集散功能，还会衍生出许许多多的社会问题。

"180方案"则不同了，综合效益将大大提高，高出30米的水位能拦住多少洪水？每年还可多发电约200亿度。万吨船队每年从武汉驶抵重庆九龙坡港的通航天数为205天（交通部资料），重庆这个西南的经济中心将因此而快速发展。还必须注意到，"180方案"的坝高为185米，比"150方案"（坝高175米）仅高10米，这样，建坝资金也不会增加多少，估计只需增加资金10亿元。

无须赘述，重庆市委、市政府的报告引起了中央的高度重视和认可，多位党和国家领导人对此都有批示或讲话，同时也在三峡工程界内外引发了一场新争论。

1984年12月，国务院领导亲率200多位专家莅临渝州

1984年12月初冬，国务院领导亲率国内200多位水电、交通、地质、机械、城建、环境等方面专家赴渝考察，其中包括20多位部长、副部长。他们听取了重庆市副市长肖秧的汇报，并进行了内容广泛的调查研究。中央组织全国专家对三峡工程的论证由此开始。

1984年至1985年，国家科委在主持论证期间，组织了八个方面200多个课题进行科研，涉及水电、交通、地质、城建等14个部门和中科院

所属学校及各地 200 多个科研、设计等单位，约有 3000 名科技人员参加了这一工作，组织了生态与环境、防洪、库区淹没与移民、泥沙、航运、电力系统规划、地质与地震、综合评价等八个专题，对"150"、"160"、"170"、"180"等 11 个方案进行论证，先后参加论证的有 500 多位各方面的专家、学者。重庆市政府三峡工程办公室也组织了数十名专家和科技人员对十多个课题进行了科研论证，先后计算分析了各方面提出的 60 多个方案，提出了一系列报告，组织专家多次参加防洪、发电、泥沙、航运、淹没移民、综合评价等专家组会议。论证结果，各专家组均不同意"150方案"、"160方案"，得出的结论是：重庆提出的"180方案"最优。

就在国家科委论证期间，1985 年 9 月上旬，在水电部下属的三峡总公司和水电总局主持下，127 名专家、学者、工程师参加了会议，决定采用"160 方案"。对此，重庆市三峡办提出了反对意见，指出"160 方案"中提出的重庆港下迁长寿，对重庆和西南经济建设极为不利。

1986 年 6 月 12 日，中央有关文件下达后，三峡工程交由水电部主持论证。水电部党组决定成立三峡工程论证领导小组，由水电部部长等 10 位正、副部长及总工程师组成，并分别任 10 个专题组组长。这 10 个专题组后与科委 8 个专家组合并，形成包括地质与地震、枢纽建筑物、水文、防洪、泥沙、航运、电力系统、机电设备、移民、生态与环境、综合规划与水位、施工工程、投资估算、综合经济评价等在内的多个专家组。共聘顾问和专家 330 多人，来自 160 多个单位，其中学部委员 11 人，教授、研究员、高级工程师 240 余人，后又增至 412 人。

高、中水位方案竞争激烈，密云会议作决议

150 米低水位方案应被否定，已成多数人的共识。但不断有人提出采用 160 或 170 米方案，否定 180 米方案。

还有人提出两组开发的方案，即在三峡和涪陵建造两座大坝，照顾到高低两种方案的情况。同时，还有更加尖锐的一种争论，那就是上不上三峡工程的争论，从来就没有停止过。

在 1986 年 12 月召开的第二次综合规划与水位专家组会议上，争论非

常激烈。这个组的成员是由各论证组组长组成的"综合组"，都是各方面的权威人士，说起话来自然格外具有权威性。

杨彪说，拿不下水位，三峡工程只能搁起，弄不好就是"160 方案"或"170 方案"，对重庆那将后患无穷！如果采用"160 方案"，库尾正好在朝天门，万吨船队到不了九龙坡，三峡水库对重庆也就没有了实际效益。泥沙的沉积将会堵塞港口，航运将大受影响，三峡发电量大大减少。最严重的是"超蓄"——大洪水到来时会淹没两岸水线以上的土地房屋，给人民生活造成灾害性影响。那么，港口下迁可不可能？结论是不可行，几十亿的资金消耗得不偿失，远不如加高大坝，提高水位，产生的综合效益很快会弥补损失……

三峡工程吸引了大量的国内外人士，世界银行委托加拿大国际开发署，多次组织专家、学者沿江考察，参与三峡可行性论证。1986 年 9 月至 10 月，就有 36 个考察团（国外 8 个）、800 多人次来渝，对三峡工程进行考察、了解。在征求这些国内外知名专家的意见后，重庆市也对有关方案进行了补充和修改，以求更加完善、更加合理。

1986 年 12 月下旬，水电部三峡工程论证小组第三次扩大会议上，重庆市代表表明了新的灵活态度，即否定"150 方案"和"160 方案"，考虑到"170 方案"的某些情况，推荐"180 方案"。

1986 年 12 月 30 日，水电部组织召集领导小组会议，强调重庆方案能为各方接受，要认真研究。此后，六个方案中仅剩下两个方案，即两级开发与分期蓄水方案，供专家组讨论确定。水电部领导在次年的 2 月间，与国务院三经办负责人、三峡办负责人一起，邀请两省一市负责人沿江考察后返京，在领导小组会上再次说，这次重庆立了一个大功，重庆的方案是动了一番脑筋的。这个方案能为各方面接受，要按这个方案办。

实际上，这个方案就是人大七届五次会议通过的"一级开发、一次建成、分期蓄水、连续移民"方案的雏形。该方案 1987 年荣获重庆市科委颁发的"重庆市首届软科学研究成果一等奖"，市府三峡办、杨彪等获奖金 1000 元。

1987 年 3 月中旬，三峡工程论证专家组长联席会议在北京密云水库召开，水电部部长主持，领导小组 10 人，各个专家组的正副组长、工作组长和两省一市（湖北、四川、重庆）、交通部、大学、科技界的专家、学者、总工等共80多人出席了会议，会议邀请了重庆市代表参加。

会议主要任务是讨论水位问题，以便向第四次领导小组扩大会议推荐水位方案。此会议集中讨论分期蓄水和两级开发两个方案，从中优选其一上报。

重庆代表受到优待首先发言，与水位密切关联的泥沙、航运、移民、枢纽、建筑、防洪、电力系统、生态与环境、综合水位与规划等九个专家组及长办在会上作了系统汇报。除一个组（枢纽）认为不应放弃两级开发、一个组（生态与环境）同意"170方案"外，其余七个组与长办均不同意两级开发，无人再提"150方案"和"160方案"。会议后期，九个组与长办均同意分期蓄水方案。坝顶：八个组及长办同意185米，一次建成；正常蓄水：开始时有歧见，后一致同意175米水位；第一期运用水位：最后一致同意156米水位。

3月20日下午会议闭幕，确定了185米坝顶一次建成，正常蓄水位175米，第一期运用水位到156米，移民按"160方案"规划，移民方案在"180方案"回水线以上，第一批机组135米开始发电，156米至175米水位间移民连续进行，初定为10年（也可能五至六年）的"一级开发、一次建成、分期蓄水、连续移民"的分期蓄水方案，以后论证清楚后有条件时，水位还有希望升到180米……至此，重庆方案在专家组长联席会议上正式通过。

3月21日，水电部部长向国务院相关领导作了汇报，并确定4月16日召开第四次领导小组扩大会议，审议这次通过的水位方案。

事实上，密云会议从技术上通过了这一举世瞩目的三峡工程方案，为五年之后的七届人大五次会议审议三峡工程议案弹响了第一个明亮的音符！

一夜之间，重庆人仿佛忽然意识到三峡带来的并不仅仅是幸运

用一句时髦话来说，重庆人向来很"投入"地在快节奏中生活，在汗流浃背中去追求去奋斗，谁也没有太多地关心那遥远的三峡工程。然而，紧锣密鼓的七届人大五次会议终于使重庆人感到那个遥远的事实走近了。

于是，在大街小巷中，人们开始议论三峡，议论重庆人的得与失，当泥沙淤积、航道堵塞、环境污染、水位升高侵蚀江岸、洪水泛滥、雾日增多等诸多耸人听闻的消息在人群中传播的时候，人们开始变得愤愤不平。

杨彪的观点很明确，上三峡工程比不上有利，重庆诸多问题可以认真研究，求得解决。有许多问题早已经过专家论证，可以解决，有些新问题也可以在未来的几十年间逐步解决。杨彪是主上派，他说，初期工程135米水位时即开动第一台机组发电，第一期运用到156米水位，是什么状态呢？水库尾水正好在铜锣峡，那儿水流湍急，泥沙不易沉积，这样观察几年，如与实验结果相符，再升至175米水位。如果泥沙问题严重，水位可不升高，今后科技水平提高了，定能解决，而且，185米坝高为千年一遇的洪水准备了足够的容量。同时，在泥沙量大的嘉陵江合川段修建花滩子水库，减少重庆港的泥沙淤积问题，朱羊溪长江段也可考虑修建另一座水坝，解决长江的泥沙问题。如果156米水位没有大的问题，三峡大坝水位升到175米，尾水在大猫峡，这时万吨船队即可直达九龙坡港，但那已是30年后的事情了。

移民也一样。初期发电每年收入几十亿元，可直接投入大坝建设和移民工程。所谓连续移民，即是此意。由于分期蓄水，近期比"170方案"减少24.52万移民，远期只增加7.19万移民，大大减少了近期的移民压力。如果175米水位实现，发电效益将令人侧目，每年将比"150方案"多发电200亿度，比"160方案"多发电142亿度，比"170方案"多发电40亿度，以每度电0.06元计，那将产生多么大的经济效益！

时下重庆流行这样一种说法：三峡工程对国家利大于弊，对重庆则弊大于利。关键是怎么兴利除弊。不过，从近期看，三峡工程已给重庆带来了小小的"利"：从世界各地、从国内各地赶来一睹三峡风采的人越来越多，饭店客多，船票紧张，有人正加紧筹建诸如"告别三峡"旅游公司之类的时髦实体，以迎合人们的急切心情。

其实，这些人是过分着急了。且不说工程尚未开工，长江截流还早，即便"高峡出平湖"了，三峡的风景也会变得更加多姿多彩，所有的文物都将尽力加以保护，无数的新景将会出现，那时三峡风光将会更加妩媚动人。回头看看，世界上哪一座水库、哪一座大坝没有成为游人如织的地方呢？

祈愿三峡工程建设给中国人带来好运，给改革开放的社会主义事业增光添彩！

1992 年春写于重庆虎头岩下

我欲乘风飞去

——中国商用火箭研发者的青春梦想

> 你多坚持一分钟，你就有可能离成功更近一点。
>
> 舒畅 说

这真是一次美丽的飞翔，一次划破晴空万众瞩目青史留名的青春飞翔。

2018年5月17日上午7时33分，中国西北某发射场。随着"5、4、3、2、1，起飞"令下，那个窈窕俊逸颀长轻盈的白色天使，拖着长长的淡蓝色尾焰，就那样义无反顾地飞向长空、飞向200多千米外它从未去过的地方。

这是被命名为"重庆两江之星"的OS－X型火箭的商业发射，无数双年轻的眼睛追随着它的轨迹，无数颗炽热的心脏和它一起跃动。短短的306秒，短短的273千米，仿佛走过了数月数年。当大屏幕上传来成功的讯息时，发射现场总控室里的几位青年专家已经泪流满面，泣不成声。几个小时后，离发射点不远的发布会现场，公司核心人物舒畅和马超，在全场欢呼声中紧紧拥抱在了一起。于是，就在刚刚过去的这个夏天，舒畅和马超这两个名字倏忽间传遍华夏、传遍世界，成为中国乃至世界航天界的新宠，成为中国民间航天事业的第一人，成为中国民间商用火箭的开拓者。

对于知悉当今世界航天科技发展的人来说，17米长的"重庆两江之星"仅仅是火箭群体中的小不点儿。与美国、欧洲同类产品以及我们早已闻名遐迩的长征系列火箭相比，只是小巫见大巫。众所周知，就在今年的2月，被称为"钢铁侠"的美国民间航天业巨擘埃隆·马斯克，成功发射了"猎鹰"重型运载火箭，据称已经把重数吨的汽车送上太空，之前，他还实现了前所未有的火箭箭体回收。然而，"重庆两江之星"引发社会关注的恰恰是零壹公司的非国家队身份，以及他们的首创精神和他们让人惊羡的年龄。

飞天梦想从"外卖"平台开始

舒畅是岳阳人，出生在普通劳动者家庭，从小便是同学眼中的"学霸"。许是因为生长在人杰地灵的洞庭湖畔，屈原曾在这里留下响彻云霄的"天问"，范仲淹也曾在这里留下震撼千年的"先忧后乐"，在这样的文化熏陶下，舒畅从小就有着强烈的家国情怀。他好学上进，以科技兴国、飞天逐日为抱负。2004年，他以优异成绩考入北京航空航天大学飞行器设计专业，主修飞机设计，尤其偏好设计战斗机，这是他自幼的理想。

刚入校，从视频上看到工程师研制的飞机成功上天后的壮丽场景，他也热血沸腾，暗暗下定决心，有朝一日要让自己设计的战斗机飞上天去！

他在学业上如鱼得水，刚进大二，精力过人的他便"折腾"起来。因为吃不惯北方饭食，他居然在学校搞起了南方口味的外卖平台，还别出心裁地做起了夏令营和外国留学生语言培训。当然这些都是社会实践，并未湮没他的飞天梦想。2008年大学毕业，他立即加入了一家刚成立的创业公司，从事航空材料进出口。可是这一年的汶川大地震给他以极大的心灵震撼，他深感生命无常，时间紧迫，得抓紧时间做自己想做的事情。为了提升知识结构和层次，他决定报考北大，攻读金融学硕士学位，并很快如愿，成为光华管理学院的一名高才生。三年深造让他受益匪浅，他能够站在更高的层面上看到世界经济大势、看到中国科技发展的未来。有"理工科＋金融"知识背景的他，到中国航天科技集团公司成立的航天产业基金实习，靠踏实肯学受到青睐，让本来不招应届生的航天产业基金破例招收了他。那一年他年仅26岁。

就这样，他成为我国火箭、导弹、卫星"国家队"中的一员，在航天行业及相关技术领域投资，有机会从产业视角审视这个貌似高不可攀的行业。这是一个怎样的行业？传奇人物埃隆·马斯克和创立亚马逊的杰夫·

贝索斯在此"相爱相杀",两个人的竞争让商业火箭将通信卫星送入了预定轨道,甚至让火箭实现了回收,极大地降低了发射成本,普通人乘坐火箭升空的愿望很快就将实现。

在中国航天科技集团,舒畅从事的是投融资方面的工作。在这个平台上,从火箭发射到卫星制造、地面基站应用,对于整个产业链,他都做到了全面熟悉和了解。可让许多人没有想到的是,三年后,舒畅却突然辞去了航天科技集团的工作,投身于联想控股集团。来到联想控股集团,舒畅的目的很明确:在最短的时间内,弄明白一个与资本密切相关的公司是如何运营的。凭借着聪明和勤奋,仅用了不到一年的时间,舒畅就做到了投资副总裁的位置。

在这样的"国家队"按部就班地工作,走在前辈铺就的宽阔大道上,一步步走向事业的成功与辉煌。一切顺风顺水,万事遂心遂意。然而舒畅有自己的打算,他在积蓄能量,等待时机。

这一天终于到来了。2015年4月,他跟自己摊牌,义无反顾、毅然决然地从联想集团辞职了。天哪,这可是好多人梦寐以求、想进都进不来的公司想得都得不到的职位啊,他就这么轻而易举地放弃了!家人想不通,同事想不通,最关键的是妻子想不通。为什么要走,这么好的单位,这么好的前途,中国的航天事业蒸蒸日上,攀星登月,神舟上天,北斗导航,有多少事情需要你去做呢,可你离开了。联想集团声名显赫,前程似锦,你也离开了。你到底想干什么?此时此刻,他才公开了自己的想法:我要做自己的航天科技公司,我要打造中国的商业火箭。因为,西方的民间航天技术发展已经如火如荼,1700家航天公司中,仅美国就占到了近一半,而行业翘楚埃隆·马斯克已经把自己的火箭做到了极致,做成了美国国家宇航局也没能做成的事。我们中国却还是一片空白,无人理会,无人参与。

大家终于明白了,舒畅要干埃隆·马斯克那样的前人未做过的大事。而他的底气,来自2014年11月27日国务院发布的60号文件,中国政府第一次明确鼓励民间资本进入航天领域。

N顾茅庐: "舒皇叔"和"马诸葛"的故事

时不我待。阻力重重。知易行难。

舒畅的夫人绝对是大家闺秀开明之妻，尽管想不通，尽管不乐意，但是顶不住先生的一番死缠烂打再加柔情蜜意，加之她也深谙舒畅的鸿鹄之志报国之心，终于答应了他的要求，让他闯荡江湖了却宏愿。只不过附加了一个条件：给你两年时间，由你打拼由你折腾，只要不把房子卖了，让我们母女还有栖身之地。两年不成回归体制回归家庭，过平平静静的生活，抚育女儿长大成人。

舒畅大喜过望，使劲点头，冲上去把妻女深深地搂入怀中。他知道，过了妻子这一关，也就过了双方家庭这一关，也就可以放宽心走南闯北，没日没夜，全力拼搏，去开创自己的事业了。

2015 年，舒畅的零壹空间科技有限公司在北京中关村正式成立，舒畅头上终于有了 CEO 的头衔和光环，终于迈出了生命中坚实的一步。这一年，舒畅 29 岁。

"零壹空间？有什么说法吗？为啥取这么一个怪异的名字？"我问。

"哈哈，是有点晦涩难解。"陪同采访的公司新媒体专员小骆解释说，"从 0 到 1，灵感来自硅谷创投教父、PayPal 创始人彼得·蒂尔的《从 0 到 1》，这是投资圈人手一本的必读教材。三年前，舒畅躺在床上，床边放着《从 0 到 1》。在这本书里，作者提到，做我们已知如何去做的事情，会使世界发生从 1 到 N 的改变，增添许多类似的东西。但是每次我们创造新事物的时候，却使世界发生从 0 到 1 的改变。舒畅在公开场合也如此阐释零壹空间的含义：中国的民营火箭领域确实要有一个从 0 到 1 的过程。"

原来如此，茅塞顿开。

万事起头难。有了公司的架构还得有人才进入。那些日子，满怀激情的舒畅满中关村跑，满北京城跑，寻找志同道合者，寻觅知音同学一起来干事业。与四五十个人交谈后，失望多多，几乎全被拒绝。当然也有支持的声音，当时联想的高管柳传志就很肯定和支持舒畅创业。他回想当年，仍然感喟良久：你本来有一个很好的梦想，结果天天被人嘲笑。

"什么？造火箭？脑袋晕了吧，国家有那么强大的航天队伍，你去掺和什么？"

"不可能，不可能，当下的体制怎么可能把火箭批给私人公司去做？别幻想了。"

这样的拒绝还是柔性的，还有二话不说直接挂机的，初始的拒绝让人相当难堪，习惯之后也就打一个哈哈便过去了。人各有志，各人有各人的情况，不能强求。屡屡碰壁难免让人心灰意冷，给他信心的是光华管理学院名誉院长厉以宁教授说过的一段话：你们心中要树立两个一百万的目标。第一个是赚一百万的金钱，这个对你们来说太容易了。第二个是写出一百万的字，你们应该接受最好的教育，应该思考怎么对社会做一些有意义、有贡献的事情。怎样写出一百万的字呢？如果你跟普通人一样去上班，或者不在某一个领域做到极致，你是很难写出一百万字的。所以你们应该追求不同，不能天天想着沙滩美女……舒畅说，当时他坐在下面，感动得热泪盈眶。

每每想到此，他就有了信心和力量，他要用全部身心去写好人生的一百万字。他立下誓言，30岁以前，一定要打造一家有意义的实实在在的航天公司，只要对社会对国家有价值，再苦再难也要上。

这时舒畅想到了一个人，那就是他在北航上学的班级辅导员马超，他是舒畅的学兄，也是他的铁哥们儿！马超生于1983年10月，26岁获北航运载工具运载工程专业博士学位，实乃学霸一个。小小年纪便一路绝尘攻城略地，著作丰厚，成果斐然，三五年间便已成为业界精英，成为航天科技界的青年骨干。

2009年7月至2016年8月，马超在中国运载火箭技术研究院工作期间，历任设计员、副主任设计师、总体研究室副主任、所科技委总体组组长，参加国家重大科技工程的科研任务，为型号的成功研制做出了突出贡献。2010年9月，他赴捷克参加第61届国际宇航联大会，并应邀进行论文演讲。2011年8月，他取得高级工程师专业技术资格证书。研究生期间，他在飞机总体设计、动力学与控制方面取得了颇多科研成果，在国家安全重大基础研究计划等项目中发挥了重要作用。马超事业正火，马超前程似锦。

要把这样的航天技术精英拉到自己这个小破公司来，谈何容易。舒畅心中也没底，但是他明白，凭他一个人，要让零壹公司活下来干下去可谓痴心妄想，公司必须有马超这样的标杆性人物、这样的技术干将，方能呼风唤雨，引得贤者毕至。他暗自思忖，必须用一切办法让马超和自己走到一起。

刘皇叔三顾茅庐请出诸葛亮，可这个"马诸葛"比诸葛亮还难请。凭着和马辅导员多年的私人感情，又有共同的语言与性情，他几乎每天下班后都在研究院门口候着马超。他们的习惯路径是去马超家附近一家酒店的大堂里，点两杯奶茶和一碟花生米，海阔天空聊开去。聊着聊着，话题自然会朝当今世界民营火箭发展现状和前景方向靠拢。他们都是具有世界眼光的火箭专家，观点精准，认识清晰，见解独到，就这样聊了三个多月、一百多天，从秋聊到冬，再由冬聊到春。马超由不屑一顾到立场松动，及至美国马斯克的案例震惊世界，国内民营航天业界冰融雪化，零壹公司融资取得突破，"马诸葛"终于痛下决心，加入了舒畅的团队，做了零壹的总裁，为中国民营航天事业撑出了一双强有力的臂膀。

精诚所至，金石为开。零壹公司创始人"舒皇叔"百日"N顾茅庐"请出"马诸葛"的故事，早已传为佳话。这是新时代的"三顾茅庐"，正因为有强大的精神支撑与友情基础，才会有这样感人的故事发生。所以舒畅和马超常常说，他们遇上了好时代，遇上了精神与物质大爆发的时代。

2016年4月24日，是首个"中国航天日"。习近平主席作出重要指示：探索浩瀚宇宙，发展航天事业，建设航天强国，是我们不懈追求的航天梦。在次年举行的党的十九大上，他又在报告中提出：加强应用基础研究，……为建设科技强国、质量强国、航天强国、网络强国、交通强国、数字中国、智慧社会提供有力支撑。

这给了舒畅、马超他们更大的底气。

资金何来？危殆时刻自有"天使"相助

毋庸讳言，当初舒畅找了四五十个目标人士几乎全被拒绝的原因之一，便是钱从何来？

航天事业是国之重器。自20世纪50年代始，党和政府就以前所未有的睿智和战略眼光，在国家尚不富裕的情况下，开始了初始的运载火箭研制。全国人民节衣缩食，为中国自力更生建立自主国防做出了巨大贡献。直白点说，造火箭是要烧钱的，而且还不是一般意义上的烧钱，是烧大钱。钱，你有吗？

舒畅说，钱暂时没有，但是可以去找。舒畅是一个极有人缘的人，他的热情，他的真诚，他的不达目的不回头的精神感动了许多人。所以他的下属们都说，第一笔融资是靠舒总的真诚和信誉找来的。

当时有一家很有名的机构原本答应了要给舒畅投 1000 万，可到了准备签协议的时候，突然抛出一个条款说，我先给你一百万，剩下的你得做到什么什么阶段再说。这之前，舒畅已经经历了很多次失败，好容易才有人愿意投资，没想到了关键时候，却又出了这样的幺蛾子，舒畅实在难以接受。回来跟公司同人说了，整个团队脸色一下就黑了。那天正好天空乌云密布，大伙儿心情非常压抑，团队中一个中山大学毕业的小姑娘失望至极，立马杵在那里放声大哭。

天无绝人之路。某位哲人说过：只要你够努力，心虔诚，幸福就会来临。舒畅和马超的诚挚之心终于感动了"上帝"。

"上帝"给他们送来了"天使"。2015 年 12 月 24 日，北京零壹空间科技有限公司获得了联想之星以及哈工大机器人集团上千万元的天使投资。彼时大家都不敢下重注，觉得这事确实风险太大。他们撂下话说，我们也不知道这个事情能不能做成，但是我们相信你舒畅这个人。联想集团柳传志等领导、专家也站出来说，舒畅这个人能打硬仗，我们信得过，这是他在联想的经历证明的。我们非常欣赏舒畅这种有创业理想的年轻人站出来冲锋陷阵，愿意在关键时刻助他们一臂之力。

零壹空间的众人心知肚明，当初能拿到这笔资金，主要是因为舒畅个人在行业内的信誉，大家是"友情赞助"，愿意挺他一次，故而倍加珍惜。有了钱就像打了鸡血，年轻人干劲倍增，零壹也开始步入正轨，越来越多的专业人士慕名而来，动力、电气、结构、地面、质量、计划等方面人才济济，从而一步步组建了专业齐备的火箭团队。

有了初一便有十五，公司发展顺遂，舒马二人精诚合作，团队一步一个脚印，产品技术研发与融资有机联动。2016 年 10 月，零壹获得了逾亿元的 A 轮融资。

2017 年 12 月，公司自主研制的固体火箭发动机试车成功，这也是我国首台民营自研火箭发动机。在此之前，或许很少有人会相信，中国的民营航天公司也能够掌握固体火箭发动机的核心技术。次月，团队获得了逾两亿元的 A+ 轮融资。

2018 年 5 月，"重庆两江之星"成功发射，零壹空间声名远播，再次获得超过三亿元的融资。

零壹空间每一次的重大技术节点，都会邀请投资人现场见证，他们见证了零壹空间在技术研发上的稳步持续创新、核心团队的逐渐稳定成熟以及商业拓展方面的谨慎务实，亲历了团队逐步成长为民营航天领域领军企业的全过程，所以愿意提供支持，并陪伴零壹空间一路前行。

中国有句老话：客走旺家门。零壹空间的实践正验证了这句富含哲理的俗语。投资人的趋利嗅觉是最灵敏的，越来越多的投资人看到了零壹空间的商机并投身其中。夏佐全，比亚迪创始人之一，现任深圳正轩投资有限公司董事长，他非常看好舒畅所从事的行业，连续进行了两轮的资金注入。夏佐全一提起零壹空间便兴奋溢于言表：我们很早就关注到运载火箭运用到商业领域，只是听说只有美国才有。零壹空间的出现让我们很讶异，中国终于有民营运载火箭公司进入了商业领域。一年多来，我们见证了零壹空间从研发开始，一步步迈向自主研制的固体火箭发动机整机试车。发动机整机试车的成功，不仅意味着商业航天领域无限广阔的前景和蕴藏的巨大商机，也标志着零壹空间成为国内首家掌握固体火箭发动机核心技术的民营企业。我们看好零壹空间的创业方向，我以科技企业家的身份，对零壹空间团队的理想和情怀表示极大的认可，希望零壹空间能成为世界一流的航天技术公司。

这样的赞赏很多很多，赞赏意味着肯定，意味着财源。时至今日，零壹空间终于度过了嗷嗷待哺的时期，已经获得逾八亿元的融资，正向着更大的目标努力奋斗。

立足重庆两江新区，放飞更高更强梦想

2018 年 5 月 8 日，一条消息传遍重庆的大街小巷，立马成为热点话题：

今日上午，落户两江新区的重庆零壹空间航天科技有限公司OS-X火箭暨"重庆两江之星"首飞发布会在两江企业总部大厦举行，标志着中国首枚民营自研商业火箭发射进入倒计时，"重庆两江之星"将于5月17日左右在西北某基地点火升空。

零壹空间？两江之星？民营自研商业火箭？这些闻所未闻的词组立刻成为好奇的重庆人的网上热搜词，直到5月17日火箭升空，这股热潮还在重庆人口中网上坊间火热了好久好久。

我心中一直有个疑问：当初为何要把零壹公司放在重庆两江新区？是零壹公司主动要求，还是两江新区主动招商？

接待我的公司客户经理小李和新媒体专员小骆答曰：是两江新区主动招商。我们选择落脚点，一是产业方面的考虑，这边规划有航空产业园，可以产生产业集群效应。二是两江新区非常有诚意的邀请和支持政策，我们很受感动。三是重庆本身有传统制造业的背景，在军民融合方面有很大的潜力。四是重庆人耿直肯干的精神也和我们公司比较契合。综合考虑之后，公司高层决定从国内四个备选地点中选择两江新区。

公司新媒体专员小骆补充说，您大概不知道吧，当时零壹方面只有舒畅、马超两人飞来重庆洽谈合作事宜，可是重庆方面上上下下来了十多个人，包括新区的主要领导、两江集团的主要领导，重视程度超乎想象，一下子就把他们感动得稀里哗啦。合作也就很快谈成了！

2018年12月22日，由零壹空间自主研制的火箭发动机在江西试车成功，这是我国首台民营自研火箭发动机。实际上，这也是不得已而为之。在此之前，舒畅他们曾经求助于某发动机公司，可是合作中途夭折了。于是他们狠下心来自起炉灶，自立门户，并很快研发成功。

同年5月17日，零壹空间自主研制的首枚民营亚轨道火箭在西北某基地腾空而起。这枚火箭承载了太多人的希望与付出，这短暂的306秒背后有太多无法言表的故事，让人笑中带泪，感喟不已。

——在零壹空间的团队中，有一支11人的火箭总装团队，他们也是最年轻的工程师团队，平均年龄不到30岁。这个团队虽然年轻，却非常有战斗力。他们中的一位在接受采访时说："首飞前的时间特别紧张，过完年开始上班，已经是 2 月 22 日了，从那时到 5 月 17 日正式发射，我只休息了清明节的半天。休息的原因，还是那天停电。工作中突然临时停电，同事们打着手电筒，赶着把手头工作做完，下午才休息了半天。现在回忆起那些一起奋斗的日子，还是激情满满。大家心里都绷着一根弦，就是要保证首飞的成功。公司并没有强迫任何人加班，但是每个人都在争分夺秒，把工作当成一种神圣的使命。"

——首次火箭发射，负责总装、发射的工程师们提前十多天到达基地。西北的天气干燥，风沙很大，团队中有些成员水土不服。在那里每天都是吃盒饭。有一天，恰逢两位同事过生日，为了给寿星惊喜，大家在发射场附近安排了晚饭，还悄悄买了生日蛋糕。大家刚把灯熄灭，唱着歌把点着蜡烛的生日蛋糕推到寿星跟前，其中一个工程师突然捂着鼻子抬起了头。大家以为他被感动了，没想到居然是流鼻血了！

——火箭发射前，研发和总装团队每天都泡在基地内的总装厂房工作。发射前三天，他们有一天仅休息了五个小时。总装厂房类似于一个空旷的大车间，全水泥地板，工程师们实在是太累了，直接躺在地上就睡着了。当时好多同事调侃说，新的"高学历民工"诞生了！呵呵，一笑了之。

这样的故事不胜枚举。如是，这支平均年龄 32 岁，由 33 岁的舒畅、35 岁的马超统领的高科技航天队伍，稳稳当当把中国第一支民企商业火箭送上了亚太空，开启了中国民间商业火箭科研制造发射的先河！

满腹故事，不可尽倾。尺牍之容，难以全括。关于零壹空间，关于舒畅马超，前人已有详述，未来更有猛料，笔者就不再费口舌了。不过，零壹空间会给重庆人带来什么？我想还是应该知会读者。据《重庆日报》报道，舒畅明言给重庆带来三张崭新的名片：

其一，航空航天很大程度上是一个国家综合国力的体现，有明显的军事战略意义，也有民用案例。比如用于定位导航的遥感卫星，用于互联网、通信的通信卫星等。近年来，超过 2000 项航天技术成果惠及国民经济，转化为民生福利。

其二，零壹空间是国内民营航天领域第一个吃螃蟹的企业，从某种程度上，也是国内民营航天企业的重要代表。所以，它在重庆的落户与布局，以及"重庆两江之星"的首飞，都意味着重庆在民营航天领域中拥有了一席之地。

其三，"我们国家能造得出两弹一星，为何不能拥有手机芯片？"舒畅认为，因为后者更大程度上属于市场，其技术迭代时间短，不能总依赖"国家队"来操作。舒畅说，零壹空间之所以选择所有技术自行研制，便是立足于这一点。因为只有自己掌握了核心技术，才能谈创新。"民营航天领域的创新，可以带动重庆很多领域的创新，从而形成创新的市场氛围。"

重庆人必须细细研究舒畅递上的这"三张名片"。

本文结束前，我还想把舒畅的这一警句送给读者："你多坚持一分钟，你就有可能离成功更近一点。"

我想，这兴许就是他能从 2015 年 8 月蜗居在北大创业营孵化器中可怜的四个工位，发展到大族企业湾的一层楼、两层楼，最后到现在雄踞亦庄园区的一栋楼，并昂首挺进重庆改革开放高地两江新区的命门所在。

雄起，新重庆人舒畅马超！雄起，如火箭冲天的零壹空间！我欲乘风飞去，与尔共济两江。

2018 年 12 月写于重庆渝中听风阁

玉带

——嘉滨路建设

> 几位工程师说
>
> 老了有什么？病了又有什么？
>
> 我们一不为官，二不为名，
>
> 只图把事业干上去！

本文 1995 年获重庆市好新闻副刊一等奖。

重庆城，雄踞于悬崖峭壁之上，江环流于半岛状的城市之侧，山峦沟壑之中麇集着千千万万的泥屋楼棚，生息着千千万万巴人与外地人混血而成的今日重庆人。

行路难。自古到今，重庆人依靠两条肌腱强劲的腿，走过了漫长的历史。古时候，重庆人只能用腿去翻越封闭城市的关隘，而今，走在现代化大道上的重庆人，却又常常为蜗牛般行进的车流慨叹。两条大江，几座桥梁，数条公路，满足不了改革开放大潮中汹涌而来的车水马龙，兴奋之中却又往往带着几分惆怅的人们，似乎忘记了另一个事实，忘记了我们这个城市正在悄悄发生的变化。

事实上，这些变化以往发生过，现在仍然在不断发生着。

1985 年，当牛角沱立交桥忽然展现在你眼前时，你难道不为它那苜蓿叶式的身姿而感到神清气爽？ 1988 年，当嘉陵江上兀然矗立起一座竖琴式的高跨斜拉桥时，你难道不认为它正在弹奏着一曲高昂的改革之歌？你驱车驶过菜袁公路，驶过菜园坝立交桥，穿过牛角沱立交，驶上牛角沱嘉陵江大桥，俯视正在兴建的嘉陵江滨江公路，一定会为我们这个城市的发展进程惊讶感叹。然而你肯定不会知道，是谁为我们这个城市的建设立下了如此显赫的汗马功劳，是谁正为我们这座城市构筑一条玉色的腰带。

笔者撰写此文正是要告诉你，有这么一家公司，有这么一群无私的人，在短短的十年里，为我们这个古老的城市装饰了一个又一个现代化的花环。

曹锋总经理一语中的："科学技术是第一生产力，科技人员的聪明才智是公司快速发展的原动力。"

走进重庆市政建设开发总公司曹锋总经理（兼嘉陵江滨江路副指挥长）的办公室，立即感受到一种忙碌紧张的气氛。此时是上午八时半，机关刚刚上班。

曹锋抱歉地对笔者一笑："请稍等，我今天有四个会，还有这些永远接待不完的人。"急急地处理完事务，他又急急地带着我去工地。在车上，他诚恳地说："你去找几位老总（总工程师）谈谈吧，没有他们，就谈不上公司的今天，就没有那些引人注目的市政工程的竣工。我始终认为，科技是第一生产力，科技人员的聪明才智与献身精神是公司发展的原动力！"

在牛角沱桥头的嘉陵江滨江路工程建设指挥部，曹总介绍我与几位总工程师见面。说实话，第一印象感觉他们就像街头上随处可见的一位位普普通通的老人，那么朴实、诚恳、谦虚，你简直难以相信那条巨大的滨江公路是从他们手上一寸一寸地拓展延伸的。

曾庆充副总工程师向我们介绍了公司从牛角沱立交桥起步，到石门大桥、菜袁公路、菜园坝立交桥等重点项目的详细情况，倒背如流般历数了十年的奋斗历程，一位法国客商此时前来参观洽谈项目，他只得匆匆离去。于是，另一位个头很瘦小的副总工程师向光禄接着以非常简练的语言向我介绍了滨江路内环线的全部情况。他说，滨江路内环线从八一隧道起，沿长江滨江路穿越朝天门隧道，然后沿嘉陵江至牛角沱，全长 7110 米。嘉陵江滨江路从牛角沱立交桥至朝千路共长 4750 米，经曾家岩、大溪沟、黄花园、一号桥、临江门、镇江寺等处与朝千路相接，通过桥头立交、大溪沟立交、一号桥立交与上清寺北干道接成交通网。其中包括各种桥梁 3516 米，道路总宽度 31 米，四车道双向行车，中间分隔带设置轻轨列车，人行道单面宽 5 至 7 米……

向副总工程师的思路非常清晰，使我这个完全不懂工程学的人一下子明白了滨江路的来龙去脉，明白了这个耗资六亿元人民币的巨大工程的艰巨性，使我油然对这一群献身市政建设的知识分子生出无限敬意。

从外表看，向总似乎年过花甲，头发白了，人老得出奇。然而工程建设指挥部的肖宁忠经理告诉我，向总年仅55岁，1957年毕业于重庆公路工程学校，后去云南工作，1977年调回重庆，随即参加了诸多工程的建设。修长江二桥时病重，胃切除了三分之二，手术后初愈便来了滨江路。向总在道桥界小有名气，海南、厦门有公司以年薪五万元（另有分红）聘其任职，但他坚辞不去。问其何故，他说："公司对我不薄，走了，感情上过不去呀！"而他在公司每月收入不过数百元，一家四口住的也仅是两室一厅的房子。

岂止向总，曾总、徐总也一样把公司当成自己的家，不计报酬，不讲价钱，只讲奉献，用心血、用生命垒起了一座座无字的丰碑。

52岁的肖宁忠经理同样有一番难忘的经历：他修过牛角沱大桥，两去非洲援建索马里、乌干达，极富公路建设经验。如今他脸黑如古铜，衣着如民工，头发已渐白。他开玩笑说："朋友见面都问我几时退休，我说快了快了！他们哪晓得我只有52岁嘛！"

指挥部计划部副主任叶顺华，负责工程招标、计划、审核，工作极其投入。因病须立即入院做手术，但她一再推说待空闲时再做，至今未去，还两次婉拒了疗养的机会。

正是由于有了这样一群高度知识化且具献身精神的科技人才，市政总公司这些年来才能够每战必胜、战绩赫赫。据统计，该公司如今已有75%以上的人员评上了高、中、初各类技术职称，形成了一支有效率的科技中坚队伍，保证了他们的事业向更高层次攀升。

在如此复杂的地形条件下施工，在如此短促的工期中完成如此巨大的工程，可谓前所未有。

无论你是否留心观察过牛角沱至朝天门这条路线的艰险曲折，你都可以将之与长江滨江路作一比较。长江滨江路基本上是较平缓的河岸，而嘉陵江南岸却要崎岖险峻得多。尤其大溪沟至牛角沱一线，几乎是在悬崖峭壁上凿出一条路来。

曾家岩加筋挡土墙，全长1053米，简直是在填平一道巨大的鸿沟。40万方泥土填进去，全凭一船船、一车车运来。如今那高高的挡土墙有如一道厚厚的城墙，形成了滨江公路的雏形。而大溪沟高架桥的124根桩基、墩台已全部完成，板梁正在顺利吊装。牛角沱桥头立交一根根水泥墩早已亭亭玉立于大桥上下游处，穿越大桥南端的桥下工程也在顺利施工。

笔者曾冒着中午的烈日，与向、肖二位负责人一起向大溪沟方向行走数百米，深为此工程的宏伟、巨大而感慨，也为人征服自然的能力而自豪！

嘉陵江滨江路工程不仅仅难在自然条件的恶劣上，不仅仅难在立交、高架桥、挡墙、内外双桥等一系列国内外城市建设的罕见难题上，更难在质量控制、工期控制、投资控制等一系列问题上。质量达到优良，工期不能延缓，投资不能增加，这是中标工程队必须面对、必须解决的问题。实际上，施工期只有 1994 年一个枯水期，全程通车时间定在 1995 年底，而牛大段双车道通车时间定在 1994 年底，时间的紧迫可想而知！

拆迁，在诸多困难中显得格外具有时代的特点。拆迁工程达 10 万平方米，沿江几万人搬到哪里去？与合资的许多房屋开发公司不同，滨江路工程拆迁政策只能按国家规定的标准执行，不可能有大松动。动迁部主任罗玉明说到此处，不住地摇头："难难难，越拆越难！"

工程有工程的难处，居民有居民的难处。不迁走怎能修路，但老百姓迁往何处的确颇费周折。牛角沱一带的居民很配合，300 多户该动迁的，第一天就搬走 100 多家。不少老人出省出市投亲靠友，一去三年！有位 70 多岁的老人卧病在床，是被抬走的，其情其景令人感动。滨江路是为人民修的，没有人民的支持什么也干不成！然而也有不讲理的，漫天要价的，提刀杀人的，甚至要拉拆迁办的人去跳河的……面对这些人，动迁部的同志真是磨烂了嘴，跑断了腿，终于跑出了成绩，跑出了滨江路的今天。

对滨江路的修建，市里、局里领导也操够了心。刘志忠市长、唐情林副市长数次视察工地，均表满意。刘市长说："在滨江路我看到了重庆的希望。我们重庆同样能够组织大工程的高速施工，深圳可以干的，我们重庆也可以干！"城建局局长、滨江路指挥长林君宴，副局长、副指挥长周中生更是常常深入工地，现场指挥，汗水、泥水一身，给全体施工人员做出了表率。

同样，作为招标进场的市桥梁公司、市政一公司、市政二公司、省航运一处、航务二公司、长航工程局重庆公司、铁一局等施工单位，均以其技术力量称雄于道桥界。这支以"水军"为主体的工程队伍，打了一场漂亮的攻坚战！

"一不为官，二不为名，只图把事业干上去！"

曹锋总经理是典型的知识分子出身，今年 43 岁，毕业于南京工程兵学院，难怪他说话时有一股浓浓的军人味。

他如数家珍地介绍了公司的十年成就，忽然话锋一转，对我说："你不要以为市政公司就是修路架桥，我们公司近年依托市政工程，搞活房地产业，发展第三产业，内联外伸，建立了全方位高质量集团，风头甚健呢！市政方面的就不说了，仅房地产开发，就达到年 20 万至 30 万平方米。第三产业方面，开办了六七个公司，此外还投资香港、新加坡等外资公司，搞了一些合资或合作公司，如鑫龙房产、星发房地产、八方房地产，等等。我们的目标是要将本公司建成一个集设计、建设、管理于一体的现代化集团化公司，为重庆乃至中国的现代化作出贡献。"

这是何等浩大的气魄、何等宏伟的设想！

我站在嘉陵江大桥上，遥望玉带般的滨江公路向前延伸。遐想中，只见滨江公路上高桥飞架，车流如织，人声鼎沸，我们的城市更显得仪态万方，绰约多姿。

然而，久久响彻我耳鼓的却是市政公司那几位总工程师的铿锵话语："老了有什么？病了又有什么？我们一不为官，二不为名，只图把事业干上去！"

啊，嘉陵江畔的玉带，你是用他们的青春与心血织成！

完稿于 1994 年 9 月

神水

——人工降雨

编者说

只有五分钟的时间，射击！转瞬间，苍天像被共工撞破了一个洞，大雨倾盆而下。

本文系与周尚明合作，1992 年发表于《重庆晚报》，获当年重庆市好新闻一等奖。

公元 1992 年 8 月 10 日，气温 42℃。

公元 1992 年 8 月 11 日，气温 42℃。

俗话说"久雨必享久晴"。今年初，老天便与重庆人开起玩笑来，经常遭受春旱的山城，一反常态，阴雨绵绵。到了阳春三月，本该是踏青赏景、燕语呢喃的时节，偏偏依旧"风起春灯乱，江鸣夜雨悬"。四月，雨脚如麻。五月，欲停又下。"君问归期未有期"的淫雨，直下得城市返潮，人心发霉。于是，有些耐不住性子的重庆人，便扯开喉咙大骂："龟儿啥子天哟……"

骂声还未绝于耳，天就放晴了。开始几天的太阳，大家如遇到久违的亲人，笑眯眯地问候她，接受她温暖的抚摸。然而，进入 7 月，太阳天天露面，气温扶摇直上，7 月中旬 39℃，8 月上旬 40℃、41℃、42℃，此时的太阳，如祝融般暴烈，能灼得人脱皮。于是，平时车水马龙的解放碑，白天行人稀少了；于是，经营电风扇、空调的商店，门庭若市；于是，不少体弱的老人难耐溽热，诀别人寰……

令人最为恼火的还是农业，久旱无雨，旱魃恣肆，土地开起娃娃口，禾苗蔫枯得划一根火柴就能点燃。"民以食为天"，暑热已经难耐，若是农业无收，怎么了得？市委市政府发出号令、紧急动员，人们全力以赴、抗旱救灾。国务院相关领导同志也打来电话，询问重庆灾情……

此刻，偌大的重庆市，官与民，工农商，万众只有一个祈望：皇天开眼，早降甘霖！

盼水求雨

客观地说，阳光和雨露，都是万物不可缺少的生存要素，但人类对其需求总是有一个限度的，太多则滥，太少为灾。于是，从古至今，人们和旱与涝这对拆不散的冤家，演绎出无数个"剪不断，理还乱"的恩恩怨怨故事来。

但是，人们对涝灾的惧怕，远远小于对毒日、旱魃的惧怕。

据《淮南子·本经训》记载："尧之时，十日并出，焦禾稼，杀草木，而民无所食。……尧乃使弈……上射十日……，万民皆喜，置尧以为天子。"可惜，即使只剩一日，也时时骄横跋扈，给世界带来干旱，带来灾害。人们又编造出大慈大悲、救苦救难的观音菩萨。有趣的是，观音的法宝，也就是手中的那瓶净水，只要她用枝条蘸上瓶中的神水，往下界一洒，世间便风调雨顺、五谷丰登。

人们盼水望水，水从哪里来，"黄河之水天上来"。于是，人们就烧钱化纸供"刀头"祈求神明。若再不下雨，愠怒的人们便抬龙王爷游街，出出龙王爷的洋相，也出出心头的那股郁闷之气。

话说回来，1992年8月，在重庆的偏远山野，有无农民沿袭传说中的求雨方法祈祷上苍，笔者不得而知，但现代的重庆人，却用另一种方法求来了天水。

《重庆日报》消息：8月14日，我市部分地区普降喜雨……这是用人雨弹施行人工催雨的结果……

《重庆日报》消息：8月17日，在江北18中地区，实施高炮人工降雨，发射人雨弹30余发，使该地区降了小到中雨……

哈哈，现在真有一种灵验的求雨方法？不错，那就是利用高炮人雨弹进行人工降雨。

铸剑为犁

20世纪50年代，苏联一位功勋雕塑家，创作了一件不朽的青铜艺术品：一位赤身裸体的男子，左手握着一柄弯曲成弓形的重剑，右手高擎铁锤，一锤锤向剑刃砸去，剑刃的一部分已经变成了铁犁。这件雕塑品的名字就是：铸剑为犁。

铸剑为犁，是世界各国人民渴望和平的梦想；铸剑为犁，也是江陵厂的领导和职工们正在思考和解决的问题。60年代末，工厂就与有关单位共同研制成功了人工降雨弹。尽管人工降雨弹的技术要求十分复杂，其原理却简单明了，就是用炮弹将装有催化剂（碘化银）的弹头送入积雨云层中，令其爆炸，在碘化银的作用下，冰晶核迅速凝结，继而变成雨滴，落向地面，这就形成了人工造雨。

1978年至今，江陵厂负责人工降雨弹研制的技术人员，多次会同国家气象局人控所、省气象局、南京大学、北京大学等单位，对37mm高炮人工降雨弹进行研究改进，由此诞生了83型人雨弹。负责人工降雨弹研制课题的罗阳春、孙传义两位技术人员告诉笔者："新型人雨弹每发所装的贵重原料碘化银仅为旧型人雨弹的四分之一，这样可以大大地节约白银，降低成本。同时还能够充分汽化碘化银，形成最佳的冰晶核，也就能引起更大的降雨……"

从他们那里笔者还获悉，江陵厂迄今已生产人工降雨弹上千万发，销往全国20多个省、自治区、直辖市。

江陵高炮连

江陵厂是全国生产37mm高炮人工降雨弹最大的专业厂家。每年召开订货会，各地用户便纷至沓来，汇聚江陵。工厂生产出的人雨弹，又通过铁路专列，发往全国各地。人雨弹在铁路上如随身带有"铁券丹书"般，享受军品殊遇：每到一个编组站，总是绿灯大开，优先放行。一位名人说过，无工不富，无农不稳。用不着宣传教育，当今的民众都明白，农业是人的生存之本。

江陵厂肩负着每年生产近百万发人雨弹的繁重任务。同时，工厂的人武部、高炮连还担任着操炮射击、实施人工降雨的使命。

70年代至今，从涪江河畔到华蓥山麓，从四面山下到钓鱼城垣，可以说重庆的山山水水都留下了江陵高炮连的足迹。同时，也留下了一则又一则平凡朴实而又饱含爱意的故事。

笔者问年年带兵征战旱魔的厂人武部的徐益万、王政新、阳华和、王小江等人："你们怎么判断人雨弹的效果呢？"他们兴趣来了，眉飞色舞地告诉笔者："先要由气象局的气象员观测云层，测量云层的高低、厚薄。当然，有时气象员的测量不准，就要凭我们的经验了。然后，根据云层的高低厚薄，选用几秒钟爆炸的弹子。打个比方，就像孙悟空钻进铁扇公主的肚子里才爆炸。听其爆声如在瓮中，瓮声瓮气的没说头，效果呱呱叫；如果爆声干脆而单薄，这发弹子就白白浪费了。

"就像俗话说的，'六月的天，孩儿的脸，说变就变'，本来气象台告诉你，你的炮位好兆头，有大量积雨云形成。可是，等你一切准备就绪，兴冲冲地等待一显身手时，刚才还是'黑云压城城欲摧'，眨眼工夫，密密的乌云便莫名其妙地无踪无影，云开日出，赤日灼人，气得你想把老天臭骂一通……1990年8月，我们在江北县兴隆得到气象员报告，说今晚有积雨云层飘来。于是，我们枕戈待旦，一副'王于兴师，修我戈矛。与子同仇'的气概。尽管夜黑如漆，闷热如蒸，成群的长脚花蚊肆无忌惮地嗡嗡叫着，如轰炸机一样，轮番向我们进攻，但我们都忍着，心里十分兴奋。可是，熬了一个通宵，一轮红日却再度喷薄而出，我们只好鸣金收兵。我们拖着疲惫的身体，懒洋洋地回到驻地。大家冲了个澡，刚端起饭碗，忽然接到气象员报告，有大片积雨云正经过兴隆炮点。你说怪不怪，这积雨云好像和我们有仇，知道我们休息了，它来了个暗渡陈仓。接到命令，我们丢下饭碗，向两三里远的城外炮库飞奔。我们民兵还好说，年纪都不太大，还能坚持，可苦了年过半百的司机叶胡庆师傅，几里远的路，跑得他面色苍白，上气不接下气。进入炮位，操炮射击，几声沉闷的炮声，换来了好大一阵痛快淋漓的降雨。这时生产队长披着蓑衣，戴着斗笠，端着一碗酒来敬我们，一定要我们每人喝一瓢羹。他还对我们说："你们做了这么大件好事，我没什么答谢你们，我承包的鱼塘里有草鱼、白鲢、胡子鲢，你们尽管到我鱼塘里去钓鱼，我不收你们一分钱……

"今年8月，也就是重庆出现40年难遇的42℃高温时，我们正在江津石门炮点。等了10多天，每天都是烈日当头，晴空如洗。眼睁睁地看见农民的藤菜、丝瓜枯死了，连河滩的土地也龟裂了，白菜、牛皮菜籽撒不下去。

"18日我们接到命令，准备撤出炮点，农民看见我们在作撤离准备，便一窝蜂地将我们团团围住，恳求我们说，你们再等两天吧，费用我们负责，菜籽撒不下去，城里人也恼火哟……面对农民兄弟那一双双祈求的眼睛，我们还有什么说的哩，再待两天，说不定精诚所至，金石为开哩。果然，20日晚，黑云压顶，几道闪电在苍穹划出了几条狂舞的金蛇。我们抓住机会把10多天积蓄的力气、把农民兄弟的期盼，都填进了炮膛……据测定，石门地区平均降雨60毫升，菜籽不仅撒下去了，还保证了二季稻的收成。"

"请给我五分钟"

人工降雨作业是个"系统工程"，得几个部门密切配合。其中，邮电部门不但要把市气象局得到的气象信息告诉炮连，在作业前，还要与民航局联系，免得飞机误入作业区，造成意外事故。

1989年8月，炮连在合川双龙湖待命作业，当时也是久旱无雨，田地一片焦枯景象。旱情严重，惊动了重庆警备区副司令员曾繁勇，他前来合川督阵。将军的心情和我们一样，要抓住一切机会，实施人工降雨，保证农业收成。机会是可遇而不可求的，8月3日下午，得到气象员报告，该地区上空有大片积雨云形成。3时左右，浓墨般的云朵迅速聚拢，上下翻腾，使人想起刘、项垓下决战的壮烈场面。

曾副司令兴奋不已，忙令炮手做好射击的准备。突然，气象员来报告，3时15分有飞机要过航，不准打炮。曾副司令听罢，脸上的喜悦消失了，面色也如天上的乌云。他迅速跑到百步以外的吉普车前，摇通了市民航局某部的电话。曾副司令对着话筒焦急地说："请给我五分钟的时间……什么？不行，我们的炮弹都压进炮膛了……好，谢谢。"曾副司令又疾步返回炮位。

此刻，闻讯而至的农民，把炮位围了个水泄不通，大家都用期待的目光看着曾副司令，希望他能带回好运。只见他以军人的职业习惯把手一挥："只有五分钟的时间，射击！"于是，大炮像一头咆哮的狮子，将带着呼啸声的炮弹一发发送进云层。

转瞬间，苍天像被共工撞破了一个洞，大雨倾盆而下。看热闹的农民欢呼着，跳跃着，向四周能避雨的地方散去。曾副司令走近吉普车时，浑身已经淋透了。他叫人给市里打个电话报捷，一摇电话，不行，电话麻手，因为雨下得太大了……

民兵也是兵

江北县有个地方叫旱土。从这个名字你便知道它与水少有缘分。事实也是如此，当地有民谣曰："旱土旱、旱土旱，十年一大旱，三年一中旱，小旱年年见。"每逢夏季，这里就小溪断流、黄沙漫漫。因为旱，这里穷，因为穷，这里连旅馆也没有。1990年夏天，他们10余人去旱土执行任务，只好寄宿在老百姓家里，自己挑水煮饭，农民兄弟也尽其所能地关照他们。

1989年8月，他们去合川县尖山峰乡作业，那里也严重缺水，饮水都困难，更谈不上洗澡了。8月骄阳如火，一天不洗澡，浑身发臭，析出一层盐粒，难受得很。没办法，就将毛巾在全是泥沙的浑水中打湿，再浑身上下擦一擦。后来，他们想出一个办法，每隔两天，就用汽车把他们的人马拉到山下的水库中，去洗个痛快澡。

中国有个好传统，或曰礼尚往来，或曰投桃报李。他们既然为人民服务，为农民弟兄谋利益，农民兄弟也就处处关心照顾他们。在旱土，人工降雨成功后，天气骤然变冷，他们还穿着短衣短裤，农民兄弟立刻拿出自己的衣服给他们添上，他们几乎都穿过农民兄弟送来的衣裳。

在邻水县，作业完成后，县委、县政府给他们开庆功会，群众给他们送来了"阿诗玛"、"红塔山"。在江津县，他们降雨成功，农民捧着雨水，和着泪水，无限动情地说："这下的不是雨，是下的粮食啊。这雨水不是雨水，而是神水啊。"有的农民还生动地套用了一句既世俗又有哲理的话：大炮一响，粮食进仓。

未说完的话

四川省委书记杨汝岱，在 1991 年 2 月召开的省委农村工作领导小组扩大会议上，含笑称赞人雨弹说："高炮防雹确实有效，人工降雨时机把握好了，也是很有效的。"

据《湖南日报》几年前的报道：1987 年 6 月至 9 月，湖南几个地区发射人雨弹 8555 发，催化有效率为 96%。若折算为人民币，间接经济效益高达 10246.1 万元，若以 30%（湖南省科委确定系数）计算直接经济效益，也达到了 3073.8 万元。

我们四川更是受益省。据不完全统计，1991 年，全省高炮人工降雨作业 259 炮次，用弹 6202 发，增雨面积 15637 平方公里，受益区增加雨水约 14 亿立方米，有力支持了四川省的农业生产活动。

行文到此，原本该打住了。但笔者却言意均犹未尽，还想啰唆两句。江陵厂是个大厂，又是老厂。嘉陵江从它脚下流过，革命圣地红岩村与它遥遥相望，石门大桥与它朝夕相守，江陵厂可谓人杰地灵。解放后，江陵厂为我国的国防建设作出了重大贡献。江陵厂是一个弹厂，制造各种炮弹是它的主项。用工人戏谑的话来说就是："我们的工人'冲壳子'（冲弹壳），我们的工厂操蛋（造弹）。"

70 年代末期，改革大潮"惊涛拍岸，卷起千堆雪"。江陵厂在改革的急流中，几经蹉跎，几经曲折，终于找到了自己的主体民品——微型汽车发动机。从 1984 年末的第一台样机点火运行成功，到现在已经累计生产逾 10 万台，而且质量上乘。发动机属于技术密集型产品，江陵厂生产的发动机，不仅质优价廉，而且数量大。按理，江陵厂应该名播遐迩了吧，但事实恰恰相反。1988 年冬，江陵厂发动机生产突破万台大关，工厂举行了一个庆祝会，请来了不少新闻记者。当工厂领导介绍说，奔驰于山城大街小巷的长安牌微型汽车，奔驰于祖国城乡的柳州、昌河、淮海牌微型汽车，都跳动着一颗江陵牌发动机的心脏，记者们愕然了，继而恍然大悟："呵，原来如此。"被誉为消息灵通人士的"无冕之王"尚且如此，绝大多数的平民百姓就更可想而知了。他们坐着各种舒适的微型汽车，却不知道，全国 100 辆微型汽车中，竟有 10 辆用的是江陵厂生产的发动机。

发动机如此，人雨弹何尝不是如此？江陵厂从 60 年代便开始生产人雨弹，神州大地，除台湾省外均使用过江陵牌人雨弹。但是，当人们啃着甜滋滋的馒头、喝着香喷喷的菜汤时，绝没有人想到这馒头、这米饭、这菜汤中含有江陵人的几多汗水，一片爱心……

有人为江陵厂惋惜，抱不平，说："你们是当无名英雄，是在为他人作嫁衣裳。"

笔者曾向厂长甘达新提及此事，颇有儒将风度的甘厂长淡淡一笑，说："不管那么多，首先是满足社会需要，工厂能赚钱。"厂党委赵泽民书记则一贯坚持，不图虚名，要务实事……

厂长、书记如是说，也如是做。所有江陵人都恪守着自己的诺言："求实、创新、拼搏、奉献。"江陵人犹如春蚕，吃进的是桑叶，吐出的是蚕丝，织成的是绫罗，美化的是人类，奉献的是自己。

1992 年 12 月写于重庆

第二部分

繁花

军医学界一鸿儒

——中国工程院院士王正国

看轻名利的人，才能做成大事业、大学问。

心理上包袱太重，就不可能走得太远，同样，太喜欢张扬的人，不会有太大的成就。

本文 1999 年发表于《重庆日报》，后收入解放军
原总后院士报告文学专集。

我景仰科学家。

从祖冲之到陈景润，从居里夫人到爱因斯坦，以及年复一年荣获诺贝尔奖的自然科学家，都令我从心底里油然而真诚地景仰。那种对自然界不了解部分的好奇与神往，更加深了我的景仰。

我正是带着这种景仰与崇敬去拜访我国著名的野战外科学和创伤专家王正国院士的。王院士的博学与深邃使我蓦然间走近了科学，而他的乐观与亲切倏忽间又消弭了我们之间的距离。于是，一位军医学界的鸿儒和一个军医科学的门外汉展开了平等的对话；于是，一幅浸润着爱国主义和创新精神的人生画卷展现在了我的眼前。

　　——王正国，中国著名野战外科专家，1935 年 12 月 12 日生
　　于福建漳州（祖籍安徽合肥）。1956 年毕业于中国医科大学医疗
　　系。历任中国人民解放军第三军医大学野战外科研究所研究室主
　　任、研究员。1994 年当选为中国工程院院士。

这段简介抄录自一本介绍两院院士的专著。而最能说明这位 4 岁上小学、10 岁上中学、15 岁上大学、读完六年大学年方 21 岁的才子毕生成就的，莫过于段末这一句话了：1994 年当选为中国工程院院士。也就是说，

他是新设立的中国工程院医药卫生学部首批院士之一。中国出类拔萃的科学家千千万万，能成为两院院士的仅以千计，这上千名院士级的科学家，自然是顶尖的了。

那么，王正国是以怎样的成就名列其中的呢？

——王正国1970年开始从事冲击伤防治的研究，在国际上第一次系统地阐述了冲击波致伤机理和防治措施，使该研究达到国际先进水平，1992年获得国家科技进步奖一等奖。90年代后期，通过对创伤弹道学的系列研究，在国内首先提出高速武器的致伤机理及防治原则，具有重大的军事效益。率先开展了交通事故伤研究，主持建立了国内唯一的、具有国际先进水平的大型撞击伤实验室，为推动我国交通医学的发展作出了杰出的贡献。1996年获全军首届专业技术重大贡献奖。

200字的简介浓缩了王正国院士40多年来精卫填海般孜孜不倦的奋斗，也凝聚了他毕生的创新、求索、不屈不挠拼搏结下的硕果。且让我们追踪他的人生轨迹，看他是怎样用有限的生命去描绘瑰丽的科学画卷的吧！

投身军事医学逾四十载，王正国一次次以创新精神惊动世界

1956年，年及弱冠、倜傥风流的王正国，以优异成绩从中国医科大学毕业，即被分配至中国军事医学科学院从事研究工作，主要研究课题为烧伤和放射复合伤。年少气盛、胸怀鸿鹄之志的王正国开始并未意识到自己所承担的课题的重要性，而是把目光投向更具现实意义的临床医学。当时领导安排他们每个月有一半时间到医院作外科医生，以培养其基本功，他那时总是盼望在临床工作的时间长一些，甚至越长越好。

然而，蔡翘、周延冲等国际知名的医学专家埋头科研、不讲名利的现身说法，使王正国如同面对人生之镜，日日自省而终有所悟：国家和人民的需要，才是自己选择研究课题的主要依据。以后10多年中，年轻的王正国着力于战争中烧伤和放射复合伤的课题研究，很快便成为这方面的青年专家。

历史总是把机遇留给那些忠诚于科学事业的好学上进者。1970 年，仍在军事医学科学院工作的王正国欣然接受了领导的安排，负责冲击波损伤这一研究课题。

20 世纪 60 年代，全球正处于冷战时期。美、苏两个超级大国竞相将核武器作为威慑对方的重要手段，核战阴云笼罩着全世界。我国出于自卫目的，也展开了核武器研究，并于 1964 年 10 月 16 日进行了首次核试验。冲击波损伤即冲击伤，是核武器伤的一个重要伤类。然而我们对它的研究明显滞后，在冲击伤的诊断、治疗和防护上均有许多亟待解决的问题。此外，冲击伤不仅仅产生于核弹爆炸，普通炸弹或爆炸物也同样能造成冲击伤，即冲击伤在战时与平时同样存在。

然而，当时医学界却有人认为：冲击伤没有什么研究价值，因为"重伤治不了，轻伤不用治"。

王正国对此不屑一顾。他说，世间万物原本一物降一物，既有此伤此病，就一定能找到治疗的方法，就一定要降低危重冲击伤伤者的死亡率。他和战友们多次深入核爆试验场及化爆事故现场，进行动物实验和现场调查，取得了丰富的第一手材料，印证了冲击伤形成的原因：爆炸瞬间释放的巨大能量使爆心区的压力和温度急剧上升，并借周围介质迅速向四周传播，从而形成一种高压和高速的波，即冲击波。冲击波会对人体含气脏器如肺、胃、肠道、听觉器官造成损伤，尤以肺脏为最……冲击伤的临床表现为：伤情复杂，外轻内重，发展迅速。

王正国利用所掌握的大量的第一手资料，提出了对冲击伤的防、诊、治措施，出版了专著和专集，受到了国内外同行的好评与重视。如今，以王正国为主导的国内冲击伤研究水平位居世界前列，与美国、瑞典等国处于同一水平线上。王正国的优势在于，他提出了行之有效的针对重症伤者的治疗手段，如"监测条件下的充分输液"等，均在临床上得到验证并已推广使用。

王正国院士在介绍这一段经历时，不无幽默地说，研究冲击伤体现在我身上的"直接成果"，就是头发越来越少，不知道是不是核辐射造成的。其实，核试验场也没有那么可怕，我不知反反复复进出过多少次了呢。

其乐观的性格由此可见一斑。

在现代战争中，子弹或爆炸物碎片造成的损伤仍然是一种主要的战伤。即便在和平时期，这种损伤也是不可避免的。故而国际上一向重视这种损伤的研究，并且对其有一个规范的名称：创伤弹道学。

第三军医大学野战外科研究所用以下文字概括介绍了它的含义：创伤弹道学是研究投射物击中人体后，在人体内运动规律、致伤原理的一门医、工结合的交叉学科，是指导火器伤救治的理论基础……

对于绝大多数本文读者来说，这些文字太专业了。然而对于军事医学界来说，这却是不可或缺的一门学科。试想，哪个国家没有军队，哪一支军队没有武器？哪一场战争没有伤员，哪一名伤员不需要救治？不论是从人道主义或是从其他观点出发，这门学科都是不可或缺的。

大概正是基于这一共识，国际医学界已召开了好几届创伤弹道学会议。1978年，大会组织者特意邀请中国代表参加，然而有关部门礼貌地婉谢了国外的邀请：中国尚无这方面的研究，故不能赴会。

王正国听说此事后，心中难以平静。创伤弹道学是指导火器伤救治的理论基础，也是野战外科学的一项重要内容。从事野战外科学研究的我们，竟未从事这方面的研究，泱泱中华，几百万革命军队，几十年战史，众多的医院与军医，竟然无人涉足这一研究领域，从来只知道有伤治伤，而无人去探究个中规律、致伤原理。他越想越觉得愧疚，立即向领导汇报，并迅即成立了研究班子。从此，王正国与刘荫秋、马玉媛教授一起，开始了我国创伤弹道学的实验研究工作。

短短数年，他们在高速投射致伤效应、瞬时空腔效应的高速摄影、伤道病理形态学和生物化学致伤机制、坏死组织判定等方面都进行了创新性研究。

落后于人，并不等于一定要跟在别人身后爬行。王正国和他的战友们的高明之处，在于独辟蹊径的创新。1981年，在婉谢了大会组织者的邀请仅仅三年之后，王正国便作为中国的唯一代表出现在瑞典哥德堡，出现在第四届创伤弹道学会议的讲坛上，用流畅的英文宣读了自己撰写的两篇论文，介绍了他在伤道病理形态学上的新发现，获得与会者的重视与好评。

王正国在哥德堡的出色表现令国外同行称奇，也在国内掀起了一个小小的研究"热潮"。丰硕的研究成果，为1988年在重庆第三军医大学野战外科研究所召开的第六届国际创伤弹道学会议奠定了坚实的基础。那一年，王正国骄傲地走上大会讲坛，履行会议秘书长之职。大会收到的全部论文中，中国代表就有 100 余篇，占论文总数的 70% 以上。短短 10 年，王正国和他的战友们就让一块处女地长满了繁茂的花朵，使得中国的此项研究成为世界三强（美国、瑞典、中国）之一，难怪外国同行要啧啧称叹了！

使王正国至今难忘的，是外国同行羡慕并带有疑问的目光，而他当时已经"失去"了自我，他早已不只代表自己，他感受到的是中国人和中国军人的光荣。

然而，正当以王正国为代表的中国创伤弹道学研究处于巅峰状态时，这位不知疲倦的学者又开始思索另一个领域的问题了。

20 世纪 80 年代末，随着冷战的缓和，世界和平的曙光越见明丽，战争的阴云逐渐消退。就中国来说，高速发展的国民经济迅速改变着国家的面貌和人民的生活，与此同时也带来一些问题，交通事故及其伤亡便是其中之一。

解放初期，我国仅有汽车 5.9 万辆，如今已达 4000 多万辆，公路建设以每年 2% 的速度增长，汽车的年增长率达到了 15%。与之相伴的，是公路交通事故发生数量日益增长，公路伤成为社会一大公害。

这时，笔者对着侃侃而谈的王院士说，据说高速公路上死的多是高级人才，每年都有不少著名人士死于高速公路的车祸。

王院士微微一笑，未置可否，继续阐述他的观点。

作为军事医学科学工作者，关注公害，造福全体人民而不仅仅是军队，乃匹夫之责。何况，军队什么时候与社会分离过，军车不也要行驶在社会的公路上么。

王正国的设想立即得到学校和总后的支持，很快，他与自己所带的博士生孙立英、刘宝松等率先组建了国内第一家大型交通（撞击）伤实验室，进行动物模型、量效关系、致伤机理等方面的研究，并向国内同行呼吁重视此项课题的研究，以期在科学界形成更大的合力。同时，他还发表了研究报告和文献综述，组织召开了两届全国交通事故伤学术会议，在中华创伤学会下组建了交通伤学组，出席了三次国际交通医学会议，介绍中国交通伤研究成果。

王正国引以为豪的是，第16届国际交通医学会议将于今年五月在重庆召开，而主办权的争得，颇有一点"争办奥运会"的味道。

1995年，第14届国际意外事故和交通医学学会会议在新加坡召开，王正国与会。根据国内交通伤研究现状，他决心代表中国申办第15届会议，以扩大中国的影响。行前，他准备了大量介绍中国此项研究成果的材料和介绍重庆的图片，一有机会便宣传中国，宣传重庆。王正国身材魁伟，风度翩翩，英语纯正，谈吐不俗，同行开玩笑说，王院士不像医学专家，倒像个外交家。

原以为以中国的研究成果和王正国的威望，申办此次会议不难。哪知"半路上杀出个程咬金"，该学会主席（土耳其人）提出下届会议在土耳其安卡拉举办，而且基本上已经内定了。怎么办？该学会主席的地位如同国际奥委会的萨马兰奇，你能与之竞争吗？

然而王院士的努力没有白费，国际交通学会理事会破例一致通过决议，将第16届会议安排在中国重庆举行。这是该学会有史以来第一次在会议上敲定未来两届会议的地址。与此同时，还让王正国担任国际交通医学杂志的副主编。不久，由王正国主编的洋洋150万言的《交通医学》专著顺利出版。

如今，王院士和他的同行们、学生们正翘首等待今年五月将在他所在的研究所新建的国际会议厅举行的这次盛会。重庆乃至中国，都为之张开了欢迎的手臂。届时，几十个国家的交通医学专家将来到我们这个崭新的直辖市，无论是对于王院士、对于他的中国同行，还是对于普通的重庆人、中国人来说，这都是一次宝贵的经历，都是一种激励、一种鞭策、一种梦想的实现啊！

此时此刻，我真想说，谢谢你，王院士，谢谢你四十年的奋斗。从少年到老年，你由青丝熬到白头，你在四十年间三次跃上了科学的巅峰，你用心血一次次让中国人昂起了不屈的头颅，你的呼喊一次次谱写成中国人百唱不厌的赞歌。然而你还这样年轻，你是中国大地上成长起来的院士，将来我还会多少次看见你攀越一座座科学的山峦啊！

走向世界是为了报效祖国，学习别人是为了突破自己

与其他人一样，王正国也经历了共和国成立以来的那些磨难，所幸他在盛年迎来了科学的春天。

其实，即便在"左"的思潮盛行的年代，在科学之花凋零枯萎的冬天，王正国也没有放弃对科学、对真理的渴望与追求。他告诉我这么两个活生生的例子：早在大学时代，他就向图书馆管理员要求借阅英文参考书，让管理员大吃一惊；70年代后期，他住在高滩岩，每天得乘公共汽车去大坪上班，不管路怎么堵，他上了车就掏出英文书念念有词，哪怕车上乘客投以怪异的目光，他也无动于衷。

王正国以充分的准备迎来了自己渴望已久的辉煌。1982年11月，时为讲师的王正国以川东英语第一名的成绩，通过了世界卫生组织的出国考试，以访问学者身份赴美国费城宾夕法尼亚大学开展科研工作。这一年他已经47岁。

这是王正国第一次到美国，第一次以访问学者身份出国，第一次怀着报效祖国的强烈愿望出国，他的刻苦精神可想而知。在美国的一年多，充斥在他脑海里的只有两个字：工作。面对令他叹为观止的先进实验条件，王正国夜以继日地钻研，在课题研究上取得了较大进展。他的勤奋和才气，让美国的同行赞叹不已，破例将他接收为大学教授会成员。

进修期快要结束时，课题研究还有不少工作未做完，进修单位多次表示，希望王正国多留一些时间。他请示国内后，回答是按期回国。为了既能准时回国，又能把工作做完，他一天看电子显微镜达10个小时。而一般情况下，常人一天只能看两个小时的电子显微镜。同事们说，你不要命啦？这样下去眼睛会弄瞎的。王正国却顾不得这些，继续奋力拼搏，终于在回国之前完成了课题研究。

短短的一年时间，王正国却用自己的毅力和对科学的热诚，将其拉伸成一年半、两年，除了必要的休息，他几乎都泡在实验室了。1983年底，王正国如期回到祖国，稍事休息，便又全身心地投入科研当中。

20世纪80年代的中国，正以超常的速度向世界靠拢，向现代化进军。王正国归来的正是时候，良好的环境也使其如虎添翼，得以接连不断地在

冲击伤、创伤弹道以及交通伤的科学研究上取得突破性进展。

此后，王正国曾经十多次应邀去美、日、俄、德、奥、瑞典、巴西、新加坡等国讲学、赴会，其中美国就去了八次，对于国外的富裕与繁荣，他毫不动心。王正国在美的亲戚曾不止一次地劝他留在美国，美国的同事也希望他留下工作，他却一一谢绝。有人曾问他，王教授，以你的学术水平和地位，国外科研机构求之不得，你怎么从不考虑？为什么还要回来？他蹙眉反问道，中国是我家，我为什么不回来？还有人说，王教授，你在中国拿多少钱？在美国拿多少钱？他正色道，有钱有什么了不起，良心比金钱更珍贵！

王正国的民族气节赢得了国际同行的尊重与敬佩。1991年3月，在瑞典举行的第34届国际外科会议上，他用准确的英语作了一次战创伤防治方面的学术报告，赢得了与会者一致赞扬。他刚刚走下讲台，便有人上前向他表示祝贺，争着与之合影。美国赫赫有名的华特里德医学研究所教授哈默当即请王正国选派学生去他的实验室工作。瑞典国防研究院单独邀请他访问该院，并在该院门口的旗杆上特地升起中国国旗，在专门招待他的宴席上，也摆放了一面小小的五星红旗。

王正国每每说到此处便情绪激动。对于他来说，必要的金钱很重要，过多的金钱则是粪土。金钱能买来满堂喝彩吗？金钱能买来科学繁荣吗？金钱能买来国家和民族的尊严吗？统统不能！

王正国是多么珍惜这些来之不易的向世界学习的机会啊，他以睿智的目光扫视当今世界科学领域的最前沿，并与自己所研究的课题密切联系，与祖国的现状结合起来思考，便有了一次又一次新的探索与突破。

科学家对科学的赤诚有时是连性命也不顾的。60年代，他曾与助手一起，八次亲赴核试验场；70年代末，他又两次赴云南前线搜集相关资料，研究实战中的冲击波致伤效应。王正国干起事来是出了名的"拼命三郎"，只要在国内，只要在重庆，要找他，直接去实验室或办公室，除了必要的休息，王正国真把办公室当成家了，就连与他一起奋斗了几十年的妻子朱佩芳教授，对王院士的这一"嗜好"也是无可奈何，由他去了！

正因为有这种令人感慨的科学精神，有这种坚忍不拔的拼搏奋斗，王正国才攀上了一个又一个令人生畏的科学之巅。

永不停步，永不满足，是王正国人生足迹中最引人注目的特征

有一次，王正国赴国外访问，途经北京时不小心弄破了手指，在解放军总医院急诊室巧遇一位三军医大的硕士毕业生。这位值班的主治医生一眼就认出了他，恭恭敬敬地说："王教授，我曾经是您的学生，您讲的许多课我都忘记了，但有一点我至今难以忘怀——那天您在黑板上写了一个顶天立地的'新'字，告诫我们在科研设计中一定要有创新性！"

这个细节不仅说明了王正国在教学上的"标新立异"，还反映出他在科学上孜孜矻矻的永远追求。

在一次创伤弹道实验中，原先的设计是在一条大的肥皂块（机体组织模拟物）两端各放一块木板，以压紧肥皂块，防止子弹射击时肥皂块严重变形，从而正确绘出"伤道"的形态。但在射击后意外发现，肥皂块中弹道腔内表面沾满了木屑，分布的密度也有一定的规律性。为了弄清木屑是从入口处被压入腔内还是从出口处被吸入腔内的，王正国在出口外侧加垫了一层厚棉花。射击后发现，棉花碎屑被吸入腔内，空腔最大处（负压最大处）最为密集，由此证明高速投射物射击后产生的瞬时空腔具有很大的负压，这种负压可将体表上的物体吸入机体内部。

这是一次偶然的发现。这类偶然的发现只有敏锐的科学家才能捕捉到。这一发现已被教科书广泛采用。类似的"偶然发现"，我们的王院士一生中遇到的恐怕不会少吧！

坐在王院士那宽敞明亮的办公室里与之交谈，有一种面对沧海的感觉。满壁的书柜中挤满了一排排的专著，使人顿生浅薄渺小、自惭形秽之感。王院士已撰发论文350多篇，其中以第一作者撰发150多篇，出版专著10多本，本本都如同砖头般沉重，总字数逾500万字。他还担任了那么多专刊、杂志的主编、副主编，担任了那么多国际、国内学会的负责人，带了那么多博士生和博士后。1997年，他还先后获得香港"何梁何利奖"和美国"狄贝克国际军医奖"。尤其后者，他是获此殊荣的第一位亚洲人。1998年底，总后勤部授予他"科学技术一代名师"称号。我有一种感觉，王院士不是凡人，是"超人"，是当今科学界魅力四射的科学奇人。

博士眼中的王院士：严师、挚友、慈父

这本身兴许就是一个奇迹：不是博士的王正国已经带了博士研究生34名、博士后4名、硕士研究生7名。

王正国没有博士头衔自有历史原因，历史却让他一次又一次地创造奇迹。

带硕士生也好，带博士生也好，是需要花时间、花力气的。任何一位谙知教育的人都明白教书育人的个中甘苦。王正国非常明白其中的辩证关系，好的学科带头人，应该擅于培养高质量的人才，这样才能使学科建设后继有人。

从美国宾夕法尼亚大学归来后，王正国就开始了他的科研、教学并进历程。如今这些博士、硕士分布在国内外著名的研究机构和大学之中，其中有一人被评为国家级有突出贡献的中青年科技工作者，10人次获军队科技进步二等奖以上奖项，17人承担了国家自然科学基金和全军指令性攻关课题，成为我军野战外科研究领域的一支生力军。

说到课题，王正国可以滔滔不绝，可以用英文和中文流畅地叙述；说到自己怎样关心学生，就显得有几分"口笨舌拙"了。

我让他仔细想想，有什么感受至深的例子。他沉思良久，忽然说，有这么个例子，我说给你听。

"有位硕士研究生，某次写论文，我看了他的初稿，发现实验动物家兔的体重只写了平均数而无标准差，这显然是不严谨的。我让他去补上准确的数据，这位研究生回去后不久就把标准差的数据填上送回来了。我怀疑其中有假，一问，果然是。

"我勃然大怒，气得眼泪都掉下来了。一个科学工作者，怎么能用虚假的东西欺骗自己，欺骗科学！我大声地训斥他：'你太恶劣了！'我甚至有失败感，我的学生怎么会这样！我说：'你如果不作深刻检查、保证不再犯类似错误，我虽没资格开除你，但我可以不承认你这个学生！'

"我意识到这不是他一个人的问题，如果研究生都以这种态度对待严肃的科学研究，那后果不堪设想。我马上打电话给研究生处，让他们普遍

地查一查弄虚作假的事情。

"这位研究生为此事很紧张了一段时间，不敢找我，去找我爱人朱佩芳作检查，自我批评。其实，我还是很喜欢这个学生的，他很正直，学习也刻苦，我只是从严要求罢了。改了，还是好学生嘛！"

"这学生如今对您怎么样？"我问王院士。

"可好呢，后来又考了博士，如今在某军区医院工作，年年都要给我寄生日贺卡，或是打电话来，是外地学生中仅有的一个。我爱人朱佩芳某次应邀到他所在的单位讲学，他硬要替她买的鞋付钱，朱佩芳不要，他竟生气了，说：'你儿子买东西给你，你要不要？'你看你看，他把自己当成我们的儿子了！"

王院士说到动情处，竟然忍不住掉下泪来。整整四个小时的交谈，这是王院士第一次流泪，也使我认识到他性格中"柔弱"的一面。

近几年来，每年的正月十五，王教授分布在大学三个医院的学生都要与王、朱二位老师聚会，共度佳节。大家一起包饺子，说心里话，唱歌跳舞，王教授家里成了"欢乐园"，这也是两位教授每年的节日。这个节日的规模一年年扩大，由开初的十几人，到如今的几十人。这可让他们犯愁了，这不，春节又快到了，王教授、朱教授想来想去，终于有了一条锦囊妙计：找两名学生成立一个筹备组，由他们精心设计去，反正费用由王教授出！

王正国有关钱的理论也很特别：钱很重要，你挣几百元一个月与一两千元一个月，差别肯定很大。但两三千和五千，差别就不那么大了！搞科学的人，没有时间花钱，够用就行了！

他确实把钱视为身外之物。就在 1998 年，王教授将自己获得的 27 万元奖金和 10 万元积蓄共 37 万元捐献出来，作为青年科学研究基金，每年颁发给成绩卓著的学子们。

王正国没有门户之见，不管是不是自己的学生，评职称，出国，都一视同仁。有学生在国外因学业未完成需要延期，他便利用自己的影响帮助他们办理手续。每次出访讲学，王正国总是想方设法去学校看望那些分散在各地的留学生，从各方面帮助他们，叮咛他们不要忘记祖国、母校，学成务必回国服务。

严师、挚友、慈父……学生眼中的王正国似乎是这些名词的混合体。

在那个寒风凛冽冷雨飘洒的下午，我与王正国带过的六位博士、博士后弟子相对而坐，想从他们那里听到更多关于他们导师的材料。博士们都很年轻，最年长的才38岁，他们的朴实、纯真、沉着、干练、博学顿时使我感到自己的年迈与苍白。他们每个人都说出了自己的"华彩乐段"。

李磊：我做过一张创伤免疫抑制蛋白照片，一直做了100多次，王教授才认可。（王正国是严师。）

周元国：某副教授因无学位，有人认为他不能当研究生导师。王教授说，他基础是差一些，但事实上带了不少研究生，我们要注重一个人的实际能力。（王正国实事求是。）

蒋建新：我原本不是王教授的研究生，被分到王教授门下，开始颇有压力。可王教授对我格外关照，把发展的机会让给我，让我当室副主任、杂志副主编。（王正国无门户之见。）

刘宝松：1994年，我随王教授去俄罗斯圣彼得堡参加一个学术会议。王教授准备了论文，他对单词读音要求很严，每每有空，便一个词一个词地反复练，反复查字典，读音标。我们途中的午餐往往啃面包。（王正国精益求精。）

尹志勇：王教授星期天和晚上都上班，从来没有节假日。陪他去开会、办事，只要有空就会打开文件袋，思考问题。不好好干对不起王教授。（王正国身教重于言教。）

伍亚民：我家在湖北农村，那年回家带了点孝感麻糖给王教授，他把我狠狠地训了一顿，说你家那么穷，还买什么东西，应该多资助父母。（王正国体恤民情。）

六位博士、博士后争着抢着反复介绍他们导师的诸多美德，的确令人感慨。为了让年轻同志早一点上，王正国、朱佩芳夫妇在50多岁时便先后主动辞去了研究室主任的职务。他们说，王老师身上具有中国知识分子的共性，博学、深沉、爱国、有原则、有骨气、有创新精神，更有刚正不阿、不图名利的个性，令当今名利场上的诸多搏杀者汗颜。这些青年科学家，每人手中都有分量不轻的科研项目，他们说，幸有王教授这样的楷模和旗帜，才使得他们能在人欲横流的现实中静下心来，冷眼向洋，潜心学问。他们戏称自己是"山上的"、临床为"山下的"，山下热闹而山上冷清，这也是当今社会的写照。然而，正是王正国这样的老科学家的言传身教，才使得他们甘为科学献身而九死不悔！

大坪医院崔成明政委与王正国院士相识多年，他用六个字形容王正国院士：强人，凡人，好人。

"强人"的事已经写得很多，他的成就令人口服心服。

"凡人"是说他虽是知名科学家，可是日常生活待人接物却一如寻常百姓，事不分巨细，小到夫妇吵架、孩子读书他都要管，被人称作"第二政委"、"业余政委"、"没有名分的政委"。

"好人"则是说他心软、心好，愿意帮助人，仗义疏财，乐善好施，绝无害人之心，只愿成人之美。我惊叹崔政委的概括力，他仅用六个字就将我这篇洋洋万言的长文浓缩了。

事实上，王正国不是单纯的军事医学科学家，某种程度上，他还是一位哲学家。

他有名言，诸如：

> 荣誉和地位只是一种包装。
>
> 在"大人物"面前，要显出不比他矮；在"小人物"面前，要显出不比他高。
>
> 培养出多名超过自己的学生，才是最好的老师。

这些警句和格言都不难理解，我们可以从中窥见王正国的内心世界。

在他的办公桌玻璃板下面，我还看见了钱锺书的一句名言："大名气和大影响都是百分之九十的误会和曲解掺和成的东西。"

"你崇拜钱锺书？"我问。

"不是崇拜，是尊重。"他答。

"为什么？"

"淡泊名利，不事张扬。"

"能不能从更深层次上去剖析这句话？"

"很简单，看轻名利的人，才可能做成大事业、大学问。心理上包袱太重，就不可能走得太远，同样，太喜欢张扬的人，不会有太大的成就。我曾对我的学生们说，搞科研要耐得住寂寞，耐得住寂寞的人日后往往一举成名。有一个例子，一位美国科学家说，你这样的中国科学家与有些国家的科学家就不一样，你显得很放松，很自由，很随和，而有些国家的科学家显得窝囊，没骨气，不自由。为什么？我去国外，对金钱名利没欲望，我不缺这些，我处处看重自己，不卑不亢。而有些国家的科学家却斤斤计较，两眼盯住美元。人盯住钱，还会有自由吗？"

太深刻了。

我与王正国院士从上午九时谈到下午一时，竟然毫无倦意，竟然意犹未尽。好久没有这样深刻的交谈了，我蓦然觉得我的眼前仿佛打开了一个光灿灿的世界。虽然我是军事医学科学的门外汉，却仍然感觉到有一股强大的引力将我向内拉扯。我无法抵挡科学的诱惑。

王院士的办公室充满了盎然春意，不仅仅因为空调，更因为那些悬满一壁的上百张美丽的贺卡。院士一张张指给我看：这一张是从国外来的，那一张是宋健同志的，还有远在大洋彼岸的儿子媳妇寄来的。

王院士的办公室坐落在大坪医院最高处，是昔日扼守浮图关的地方。嘉陵江在山下静静流过，视野很好. 很静谧，水中的船和公路上的车显得很小，整个世界都在我们的脚下。

我耳边忽然又响起了王院士的哲人哲语：在地球之外看地球，地球太小，人则如蚁。历史长河奔流千年，人皆过客。我们还要去贪图什么，为个人争斗什么呢？抓紧工作，抓紧办该办的事吧！

我恍然有所悟。

我面对的，不是一般意义上的鸿儒，而是大智若愚的科学鸿儒，他话中的含金量自是非同一般。

这就是我一生一世所景仰的真正科学家，科学大家。

1999 年 2 月写于重庆

倾尽心血为苍生

——重医心肺专家王鸣岐

王鸣岐说

党指向哪里，就奔向哪里，党指向重庆，就到重庆来了。

这是 2016 岁末的一个上午，薄雾缭绕，天气清冷。闻名遐迩的重庆医科大学附属第一医院，庭前院内人潮涌动，患者如织。我们循着一栋略显陈旧的宿舍楼稍感狭窄的楼梯拾级而上，去觐见中国著名的肺科医学专家、重医附一院肺科创始人、原重庆医学院副院长王鸣岐教授。之所以用"觐见"一词，是因为刚刚读完了鸣岐先生的简历，对其在肺脏呼吸学科研究上的成就景仰不已，更因为他已是 96 岁高龄，既是我们年龄上的父辈，也是我们知之甚少的医学大家，无论学术或生命，都已经高踞于我等难以企及的峰峦之巅。

报国之志　自少年始

　　虽然是近百高龄，腿脚已不如当年矫健，耳朵也已重度听障，但是一谈起昔日往事，鸣岐先生顿时眉飞色舞，滔滔不绝。他 1921 年阴历三月十六出生于浙江省镇海县，两岁即随父母迁居上海，后就读于宁波同乡会第十小学和澄衷中学。其父早年就读于赫赫有名的同济医科大学，毕业后创办诊所，毕生致力于救死扶伤济世为民的医学事业。因为父亲的言传身教，更因为目睹了当年上海滩绝大多数穷苦百姓有病没钱求医无门，人民群众体质羸弱，被东西方列强耻笑为"东亚病夫"，他从小便立志要做父亲那样的人，心无旁骛，医学救国！

说到此，先生兴致甚高，提高嗓门说："我 12 岁考入位于唐山路 1927 号的上海澄衷中学，是班上年纪最小的学生。有一次老师问我长大做什么？我斩钉截铁地回答，我要学医，悬壶济世，救助四万万缺医少药的同胞，揭掉我们头上'东亚病夫'的帽子！"他的回答赢得了全班同学的掌声，也得到了老师的赞许与鼓励。

王鸣岐没有食言。1939 年夏高中毕业，他以优异成绩考入国立上海医学院六年制本科，开始了他为之奋斗一生的医学事业。1939 年的上海已被日本侵略军占领，包括国立上海医学院也被占领，上海医学院只能搬到位于法租界的华山医院上课。太平洋战争爆发后，租界也被日本侵略军占领，日本鬼子在校门口设了岗哨，规定学生进出必须鞠躬，血气方刚的王鸣岐和部分同学不愿向鬼子低头，发誓"宁可不上学，也不向日本兵鞠躬"，因此只能暂时停学回家。

在上海、南京沦陷前夕，国内许多名校已搬迁到作为大后方的西南地区，其中，国立上海医学院也辗转香港、越南、昆明，转移至陪都重庆，在歌乐山一个叫做龙洞湾的小山村安顿下来。1942 年春，在重庆歌乐山的国立上海医学院院长从大后方发出消息，欢迎滞留沦陷区的同学们前往重庆入学，共兴抗日救亡大业。

得此消息，同学们兴奋不已，聚在一起商量怎样才能逃出日寇戒备森严的上海。此时平沪线、陇海线已被日军占领，从北线赴渝已无可能，他们决定从南线走，走沪杭线再转浙赣线，冒着杀头的危险也要逃离上海。

那一天，王鸣岐和他的 50 多位同学抹黑了脸，手脚也涂了灰泥，穿上农民的衣裳，腰上拴一根绳子，肩上搭个口袋，装扮成去绍兴老家找粮食的饥民，闯过了日本人的重重关卡，穿过了土匪横行流氓结队的"三不管"地区，终于到达了国统区的浙江省金华市，找到了设在金华的国立上海医学院接待站。接待站发给每位去渝的同学 2000 元路费，让他们结伴前往陪都入学。

此后的经历和所有流亡大后方的青年学生无异，成群结队，互相帮衬，热情洋溢，势不可遏，成千上万的流亡学生当年就这样涌向抗日大后方，涌向陪都重庆。好在王鸣岐他们有一个强大的母校支持，沿途还有许多校友学长帮助，加之此时抗日战争已经进入相持阶段，路途虽然遥远坎坷，却挡不住他们抗日报国的激情。

"王老，这么远的路程，又没有便捷的交通工具，您一个上海的洋学生吃得下那样的苦吗？"我问。

"没有觉得苦啊，生活在日本人的统治下那才是一种痛苦！没有自由，没有尊严，看着他们横行霸道杀戮中国人，心中常常有一种不可名状的痛苦。逃离上海，奔向自由，是求之不得的幸福的解脱。"

王老说，国立上海医学院当时是国内唯一中国人自己办的医学院，名气很大，沿途各省市州县，诸如江西南昌、广西桂林、贵州贵阳等地都有上医的学长，有的已经是地方医院的院长、主任，给了他们无微不至的照顾。他们怀着一腔热血、怀着抗日报国的决心踏上征途，翻山越岭，风餐露宿，各种艰难困苦早已不在话下，顷刻间都化为乌有。他们每到一地，都会受到当地抗日政府、抗日团体的热烈欢迎，他们也常常组织抗日演讲，举行街头演出，控诉日寇汪伪在沦陷区的暴行，他们还利用所学知识，为沿途百姓诊治疾病。尤其是在当时的桂林市，他们常常是别着一个自制的国立上海医学院的校牌，就可以进入任何一个抗日剧场，免费欣赏当时流行的诸多抗日剧目，观看国内最著名艺术家的精湛演出。在贵州金城江，他们不期碰上了可怕的瘟疫，同学们并没有逃避躲闪，而是主动积极地加入到当地医疗队伍中，用他们所学的知识给老百姓治病，给上医的校徽增添了光彩，也得到了政府和民众的交口称赞。

蒸汽火车、木炭汽车、小火轮、小木船，当年流行的交通工具他们几乎都坐过，最常用的就是两条不用买票的腿，浙江、江西、湖南、广西、贵州的山山水水就这样留在了他们的身后。经过三个月的艰苦跋涉，王鸣岐和他的同学终于来到了大后方，来到了世界反法西斯战争东方战场的指挥中心重庆，来到了国立上海医学院在歌乐山上的临时驻地——小山村龙洞湾。

出渝入渝　使命在身

为了让各位读者了解国立上海医学院的前世今生，我们先来读读下面这些文字：

> 国立上海医学院由国立中央大学医学院1932年独立建校而成。国立中央大学医学院由国立中央大学1927年在上海创办，是中国创办的第一所国立大学医学院，初名国立第四中山大学医学院，1928年2月改名为国立江苏大学医学院，1928年5月改名为国立中央大学医学院，1932年独立为国立上海医学院。大陆解放后，于1952年改名为上海第一医学院，1985年升格为大学，改成上海医科大学。2000年并入复旦大学，保留上海医学院名称。

国立上海医学院旧址坐落于沪上医学院路138号，是一幢中西合璧式的建筑，于1935至1936年建造，为著名医学家颜福庆等人创办的国立医学院主楼，现在楼内为医学院院史展览馆。

真可谓言简意赅，一目了然，只可惜漏掉了在重庆的八年历史。

王鸣岐在这样一所一流医学院里学习了六年，最终以优异成绩在重庆毕业，而后去了远郊璧山县、铜梁县等地的医院就职，以实现他少年时救死扶伤的梦想。他说，与他同年入学的100多个同学中，坚持下来拿到文凭的只有30来人，可见当时淘汰率之高，也可见上医对学生要求之精，考核之严。

王鸣岐毕业之年恰逢抗战胜利，国立上海医学院很快就搬回了上海。对故乡的思念，亲人们的召唤，让王鸣岐立即辞去了工作，随着返乡之潮回到了故土。因为英文打字熟练，他被上医院长介绍到联合国上海救济总署医疗组工作，并获得了华山医院院长的信任，后来正式就职于国立上海医学院附属中山医院及华山医院。历任肺科住院医师、助教、主治医生、讲师，及至1956年，升任为肺科副教授。

1958年，党中央、国务院作出重大决策，为了改变中西部缺医少药的落后状况，要求东部沿海城市采取分身法，一分为二乃至一分为三，把医学院和医院搬到中西部去，以增强人民体质，建设伟大国家。作为新中国医学界首屈一指的上海医学院，人才济济，设备先进，自然不能置身事外。

消息传来，上医院内院外顿时炸开了锅，各种看法各种议论纷纷攘攘，每一个人都在思考自己何去何从。笔者完全理解他们彼时的心态，上海毕竟是当时中国最繁华最发达的大都市，社会生活的各个方面都远远领先于国内任何一个城市，要永远地向它告别，告别得来不易的安定生活，告别父母兄弟至爱亲朋，去到一个遥远荒僻的地方，这需要多么大的勇气和牺牲精神？

我国著名的传染病学专家、一级教授钱惪（同"德"），时任上海第一医学院副院长兼华山医院院长。老专家不愧为精忠报国的典范与表率，他受命组织一批精兵强将前往重庆，支援甫建不久的重庆医学院。卫生部要求，去重医的必须是技术骨干、业务好手，上医组织了400多人的医疗及教学队伍。院里原定王鸣岐一人前往重庆，后来考虑到他夫人王文溪一个人留在上海，带三个孩子不容易，因此决定让他们一同前往。

王鸣岐先生说："钱院长谆谆教导我们，叫我们不能忘记抗战时收留了我们这些流亡学生的重庆人民，别忘了歌乐山龙洞湾的老百姓！从大处说，此去重庆是响应党中央、国务院的号召；从小处讲，是为了报答重庆人民的恩情，在重庆求学三年，那里的村民对我们流亡学生可好了，待我们就像亲生儿女，现在他们缺医少药，我们应该去报恩！"

年过半百的钱惪院长在学院威信极高，可谓一言九鼎，因为他不仅业务能力超群，更是大公无私自我牺牲的榜样。为了重医建设，他甚至捐出了自己的全部家产20万元人民币。20万元在当年可不是小数，应该不少于当今的200万元吧。他捐出的不仅仅是钱，也是他对人民卫生事业的一片赤诚。

榜样的力量是无穷的，在王鸣岐的积极带动下，他所在科室的一批年轻人主动请缨支援重医，王福荣就是其中的一位。王福荣当时大学毕业不久，正在副教授王鸣岐指导下工作，他说，王鸣岐老师年轻有为，治学严谨，经常指导他们做病例研究，帮助他们修改学术论文，是他们学习的楷模，心中的偶像。王老师带头去重医，他们能不去吗？上医历来有个好传统，那就是四海为家，为国献身，钱校长、王教授一带头，科里一批年轻人就都报名了。

眼看行期将至，王鸣岐对他们说，你们过去以后，立刻就要上任，赶紧做好准备，一到重医立即开课，参加门诊。一行人于1958年8月16日到达重庆，9月1日就正式开始工作，一面上课教学，一面开展门诊工作，并设立了中国西部地区最早的20个肺科专科病床，为重医的教学医疗工作走上正轨出了大力。

刚到重庆时，重医附一院的外科大楼刚刚建好，家属区外还是一片农田。他干脆把孩子们寄放在儿科医院的小茅屋里，托护士姐姐照看，自己则忙着筹建科室、开门诊、设立病房，将为病人服务作为最急迫的事来做。来重庆不到四个月，他就扔下三个幼小的孩子和没有安顿好的家庭，听从组织安排奔赴川东南最艰苦的酉阳县，"上山下乡、除害灭病"，一去整整半年。后来有了幼儿园，夫妻俩就把孩子送进幼儿园，自己则全身心投入工作当中，周末才去接孩子回来。王冬当时只有三岁半，进不了幼儿园，王鸣岐干脆把他年龄改成四岁，以"蒙混过关"。

王健是王鸣岐先生的长子，他如今继承父业，栖居深圳，也已经是著名的医学专家，可是要他说说父亲的故事却颇感为难。"他太顾工作了，我们是聚少离多，难得见面，从小如此。"他说，父亲对他来说形象高大威严，只觉得他有做不完的事，出不完的差，一回到家，就钻进自己的书房里写写画画，很少和他们交流。他和姐姐弟弟都是妈妈一手带大的，但是他们也常常为父亲事业有成、受人尊敬而倍感骄傲。他们后来才知道，父亲来重庆牺牲了很多：优裕的工作条件、美好的生活环境，就连工资也调低了——上海是八类地区，而重庆是三类。他们姐弟都曾为父亲遗憾，等到长大了才懂得，父亲是为国家为民族做出了牺牲，也做出了在上海可能做不出的成就和贡献。他说，父亲是有追求的人，舍小家顾大家，孜孜矻矻，兢兢业业，终于成为医学界的大家，成为我们人生的楷模和典范。

王鸣岐对此并不讳言。他说，那些年我的确愧对妻子儿女，心中只有公事没有私事，平日只有工作没有私人来往，也很少考虑家庭孩子的需求。那个时代绝大多同事都如此，以献身事业为己任为光荣，很少考虑个人利益、家庭利益。如今很多人也许不理解，也许认为我们那一代人太痴太傻，但是没有我们这些埋头苦干傻干的知识分子，重医就不会有美好的今天。

有其父必有其子。王健理解了父亲，也就成就了自己，成就了三代医学世家的传奇。令人钦佩，令人仰慕。

呕心沥血　肺科诞生

　　站在今日的重医附一院门外俯仰世界，你只会看到繁华到极致的街景——车水马龙，光怪陆离，万头攒动，人流如织，你绝难想象王鸣岐他们这 400 余人从十里洋场来到荒僻的大坪场镇的情景。大坪这个浮图关上的小镇，当年四周可都是荒山野地和乱坟岗，重庆医学院以及它的附属医院，就建在大坪西南的一片荒野田地之中。

　　王鸣岐是现代医学的忠诚仆人，他心中揣着希波克拉底的誓言，一门心思放在他的科学研究上，而所谓的生活条件——住房、饮食、薪资待遇等，仿佛都不在其视野之内。作为国内知名的肺科专家，上海医学院的副教授、青年才俊，他却对土房茅屋司空见惯，不以为简陋。最早的办公室是土屋，宿舍是土屋，孩子的幼儿园是土屋，他都不在乎，兴许是因为有了歌乐山小山村龙洞湾的经历，唯有医院、诊室、实验室这些教学医疗场所才是他关注的重点。他就是这样一个淳朴的人，他就是这样一个纯净的人。

　　他可以不争待遇和地位，但是却从不放弃他坚守的阵地。

　　建国初期，国内很多医院都没有成立独立的呼吸专业和呼吸内科，所有肺部疾病统统归到大内科进行诊治。可是大内科已经不能应付越来越严重的肺科疾病，尤其是肺结核，可以传染蔓延，已成为国内重大疾患。重医成立之初，由林琦教授带领的大内科团队，曾经竭力反对成立独立的呼吸内科。王鸣岐常常为此和他们直面相争，但是效果甚微。后来他通过多方途径了解到，欧美国家医院都设有独立的呼吸科。可是当年，我国的医疗系统总体上是排斥欧美国家的医学思想与实践的，因为怕犯错误，医院的专业设置也不愿意、更不可能采纳欧美国家的做法。

　　王鸣岐是聪明人，既然欧美无法效仿，就去找找苏联老大哥的资料，看他们是否设置了这一专业。通过多方途径，他终于了解到列宁格勒医学院有呼吸专业。他说，开会的时候我就反复向相关领导提出要求：既然苏联老大哥都有，我们为何不可设立？他甚至非常坚决地说，我们到重医来就是为了搞呼吸专业，如果不需要我们，我们就回上海去！

　　再文弱的人也有倔强的一面，他的"威胁"终于取得了效果。在得到四川省卫生厅一位副厅长和重医科研处处长的鼎力支持后，重医肺科于1958年成立了，这是我国西部地区创建的第一个呼吸内科专业。它的雏形非常简单，开始仅有20张床位、5位医生和1名护士长，在一个由砖头临时砌起来的非常简陋的病房里开展工作。5位医生包括他和王宠林（已去世）、王福荣（后任重医附一院院长）、张治（后跟随儿子一起去了美国）、蒋秀贞（结婚后回了上海），护士长是陈曼丽。当时内科毕业的医学院学生都希望去心内科，不愿意到呼吸内科，人们片面地把呼吸病等同于结核病，认为那是"一人肺痨，全家遭殃，无法治疗"的疾病。如此，使得搞呼吸疾病研究诊治的医生灰头土脸，很不受重视。但正是由于王鸣岐的一直坚持和不懈努力，才使这个西南地区唯一的呼吸专业得以保留和发展，在教学和科研方面成绩卓著。今天的重医附一院呼吸内科已经拥有176张床位，成为国内名列前茅的具有强大医疗服务能力和辐射影响力的大型综合性学科。

王鸣岐坚韧不拔，终于在国内首建呼吸内科专业，也将这个学科办成了有影响、有实力、有建树、有成果、出人才的医学圣坛，为同行所敬佩，为世人所瞩目。王鸣岐先生功不可没！

肺科初建，百事待兴。20世纪50年代肺结核流行，这可是从旧中国沿袭下来的被称为绝症的传染病，得此病很难痊愈，开放期尤其贻害无穷。重庆医学院没有检验设备，王鸣岐就去邻近的建设机床厂医院借了一台35毫安的小型X光机，下班后打起电筒到鹅公岩一带去搞肺病普查，结果14%的受检人被查出不正常。因为没有这么多病床，他们就创立"地段自办疗养室"，经过一段时间治疗，大部分病人能够痊愈或者症状减轻，并为地段培养了医务人员，只有少数严重的病人收治在重医肺科病房。这台小小的X光机可不是白借的，作为交换，他们必须承担建设机床厂数千员工的年度体检任务。有了简陋的设备还不行，因为医院的患者较少，也不具代表性，他就常常带着青年医生吴亚梅跑到人群聚集地，乃至跑到长江边的鹅公岩，到处搜集地上的痰液，看见痰迹就像看见宝贝一样，趴在地上做成标本带回医院化验，以取得相关医学数据。

记得那天王老讲到这一段，与我同去的一位青年朋友连连摇头，说"好恶心"。我也觉得很恶心，但是在献身医学的医务工作者眼中，那些可能含有宝贵数据的肮脏痰液恰恰是价值连城的宝物，是制服病魔的不二真经。这一点，上了点年纪的都深有体会。旧社会，肺痨就是死亡，如同今日的癌症。正是有了王鸣岐、吴亚梅这样的许许多多的白衣战士，疾病才得以控制，肺结核这种"一人肺痨，全家遭殃"、"无法医治，只能等死"的谬传才得以匡正，从而树立起"预防为主、尽早诊断、早期治疗、预后良好"的医学新观念。

王鸣岐不仅仅在医术上精益求精，更注意人的思想品德培养。肺科成立初期，虽然吸纳了一些被大科室以种种理由拒之门外的男女学生，但是大多数医学毕业生不愿意来这个略显寒酸、"人烟稀少"的小科室，科室发展面临最大的问题就是人才匮乏。然而他慧眼独具，来者不拒："每个人都有他的缺点和优点，要发现每个人的优点加以培养，尽量去留住人，尽量去发现他的长处，其他科室不要的人，我们都要，就让他们到肺科来！"

当时有一位品德不佳的医生，大家都不愿意和他共事，但是王院长却坚持把他留了下来。他苦口婆心，教他做人，业务上则亲自传帮带，悉心培养，终于使其思想政治水平和业务能力都大有长进，最终被同事和病人们接受。这样的事例不胜枚举。心血浇灌百花艳，王鸣岐的辛勤耕耘获得了丰收，重医附一院肺科面貌一新，人才辈出，培养了一批全国知名专家，如罗永艾、吴亚梅等。那个当年和他一起在鹅公岩寻觅痰迹的女弟子，已经成长为呼吸内科主任。

高原卧雪　二院创业

王鸣岐一向认为自己是中国共产党最忠实的拥护者，无论何时何地。回顾一生，这位有52年党龄的老专家说，这是自己最引以为豪的地方。"党指向哪里，就奔向哪里，党指向重庆，就到重庆来了"，"西南地区缺医少药，需要沿海地区来支持，党要上海医学院大力支持西部地区，我二话没说就来到了重庆"。这是被问及为什么来重庆时，老人一再重复的两句话。但凡是党叫做的事，他就会义无反顾，一往无前。

老人说，当年沿海地区按照中央要求搬进内地的同类学校可不少，很多因为条件太艰苦，师生吃不消，又回去了。最后留下来的只有三个，其中一个是重医，还有新疆医学院和安徽医学院。在那个年代，每每坚持不下去的时候就会想起"党指向哪里，就奔向哪里"这句话。王鸣岐等用实际行动践行了对党的忠诚。

1959年冬，学院接上级通知，派人加入国家卫生部和解放军总后勤部组织的高山病研究小组。重医最先派另外两位同志参加研究小组，但一位推说有肝炎，另一位推说专业不太对口，最后由王鸣岐接受了这一艰苦的任务，赶赴四川甘孜、西藏昌都，跟随进藏部队进行实地考察研究。他二话没说，给科内同事简单交代了工作，就于1960年春出发了。研究组同行的有重庆医学院的一位姓申的讲师和重医附一院检验科的黄尤奎技师等，以及四川医学院的八位同事，他们跟随进藏训练的新兵队伍行进。高原地区一年中有大约半年时间气温在零下20多度，在此条件下，大多数路程是骑马或步行，偶尔也乘坐帆布篷大卡车。

说起进藏，如今的年轻人两眼放光，那是多美的差事啊！高原雪山，白云蓝天，碧水圣湖，神仙一般的世界。可那是经济社会不发达的1960年啊，进藏的道路是一条简陋的泥石公路，也就是今天318线的前身。为修筑这条路，牺牲了多少解放军官兵？！为将物资运进西藏，损失了多少车辆？！有一首歌叫《歌唱二郎山》，写的就是川藏公路艰险的状况。

> 二呀那二郎山呀高呀么高万丈
> 古树那荒草遍山野巨石满山岗
> 羊肠小道难行走
> 康藏交通被它挡
> ……

其实二郎山还不算最险的，后面还有数不清的高山大壑激流险滩，更有令人望而却步的高寒垭口雪原冰川。长期生活在低海拔地区的他们，也不知道天高地厚，就这样上去了。棉衣皮靴雪镜是有的，吃的喝的也不成问题，可那是四五千米的高原，缺的是氧啊！年近不惑的王鸣岐居然和小青年们一起熬过来了。

然而最危险的不是山路，而是叛匪。那时西藏平叛结束不久，零星匪徒四处流窜作乱，时不时在山崖上放冷枪，有同事不幸中枪牺牲。各种意外使得行军缓慢，一路上又少有兵站，他们就把军大衣铺在卡车上，大伙在车上睡觉，挤成一堆，不分你我。王鸣岐副教授可是当年极为稀罕的高级知识分子，竟也和小青年们挤在一起，不分彼此同甘共苦，让他们既惊讶又敬佩。车过炉霍，山口海拔超4000米，高山反应强烈，呼吸困难，那些新兵蛋子都熬不住，王鸣岐却从不喊累从不叫苦。到理塘时适逢大雪，雪到大腿深，汽车走不了，只好拉上板车走。饭煮不熟，天天吃夹生饭，啃冷馒头，馒头冻成了冰，咬不动，就放在汽车水箱上暖一暖。一直走到巴塘，地势稍缓，方才吃上了糌粑牛奶。行军途中，他们还要采样、化验，用一台手摇计算机计算，进行血气分析，为高山病的防治提供了最真实的科学依据。

就这样一路走到甘孜。到了甘孜才发现这里的卫生条件太差了，遍街垃圾，粪尿横流，疾病蔓延。王鸣岐立即决定就地进行医学研究和卫生教育，举办卫生讲座，培训当地卫生人员，以改变老百姓的卫生观念。黄尤奎说，王鸣岐教授无论事大事小，事必躬亲，哪怕练操洗衣扫街，也都亲力亲为，不要年轻人代劳。最让他记忆深刻的一件事是发出差补贴，有两种计算方法，一是按照月工资的30%计算，二是按日计算、每人每天一元。王鸣岐拿的是副教授工资，每月168元，30%就是50.4元，可是多数队员月工资仅30元上下，补贴只有九块钱左右。王鸣岐主动提出，大家出来工作都很辛苦，补贴就一样吧，每人每天一块钱！

时下大家对于一块钱可能不屑一顾，可那时的一块钱可真是钱哪，一个人一个月的伙食费也就八九块钱罢了。我想，为什么黄尤奎几十年后对这件事依旧念念不忘，是因为他从中看到了王鸣岐的崇高人格和毫不利己的精神。也正是因为那一代人风清气正，才带出了重医这支思想过硬医术精湛的优秀队伍。

川藏高原高山病研究收获颇丰，王鸣岐一行完成相关论文37篇，连同10多箱研究资料一并交给上级，为保障进藏人员的生命安全做出了重大贡献。此后，他风尘仆仆回到重庆，又投入教学、科研、门诊等实际工作中去。王鸣岐此时并不知晓，组织上又将对其委以重任，把另一副担子压到他的肩上。

原来，此时国务院要求卫生部抽调专家赴青藏高原，进行大规模建设人员长期入住高原恶劣生存环境下的可行性研究。王鸣岐为此数度赶赴格尔木等青藏高原腹地，跟随建筑部队进行艰苦的实地调研。当年的研究目标就是准备在青藏高原缺氧区建设铁路，他们实地采集了大量数据，科学论证后提出，解决大规模建设人员缺氧问题的措施之一，就是实行封闭式车厢供氧。这在当时绝对是超前的建议。

令人欣慰的是，现今青藏铁路供氧正是采用了王鸣岐他们的建议。2007 年青藏铁路开通，笔者曾由西宁乘坐全封闭有氧列车造访拉萨，沿途经过了戈壁荒原雪山垭口，最高处海拔 5072 米，同往者都生龙活虎如履平地，没有任何不适。想想如果没有王鸣岐一众探索者的研究成果，如何解决列车通过海拔 5000 多米缺氧与高寒地区这一世界性难题？

前文已述，20 世纪 60 年代，大坪以西还是一大片农田和荒地，邻近也只有几个工厂，居民寥寥。重医附一院作为教学医院，远离主城，交通不便，病人稀少，不利于治病救人，也不利于学生的教学实践。1963 年秋，王鸣岐刚刚带队去阿坝州巡回医疗回来，钱院长就找他谈话了："鸣岐呀，刚从藏区回来吧，辛苦了！本该让你好好休息几天的，可是这件事有点急，一直在我心头放不下，所以找你谈谈心。"钱悳先生笑容可掬，语调和缓。

王鸣岐是聪明人，一听老院长口气，就知道有事情了，有新任务了。但他万万没想到，钱院长是让他去刚接手不久的重医附二院走马上任，担任业务副院长。这重医附二院如今赫赫有名，跻身于国内三甲医院行列。据 2015 年全国最佳医院排行榜，重医附二院专科名列第 94 位，科研学术得分名列第 63 位，乃是集医疗、教学、科研、预防、保健于一体的现代化大型综合医院。

可 40 多年前的重医附二院，位于渝中人口密集的临江门，是以 1892 年创建的民营宽仁医院为基础成立的，基础薄弱，设施简陋，解放后更名为川东医院，之前曾划为中国人民解放军第七军医大学（即今三军医大）实习医院。从当时的各方面考虑，川东医院的职工更愿意归属七军医大，但是四川省人民政府和省人大从全局出发，为使重医尽快成长，决定将川东医院划归重医，更名为重庆医学院附属第二医院。

事情可没有那么简单，据说，此前重医附一院曾向附二院先后派去八批医护工作人员，都被以各种理由赶回来或气回来了。一句话，人家不愿意，人家不欢迎，可是这所医院必须得接。于是，钱院长想到了王鸣岐。王鸣岐这个人温文尔雅，心态平和，和很多上海男人一样，见人未说话脸上先漾起笑容，容易被人接受，又是上医过来的青年才俊，30来岁就做了副教授，业务上镇得住场子。你要去领导人家，业务上管理上总得有几刷子吧。

王鸣岐听钱院长讲完，立马站起来说："院长，我听您的，我去！"

"小王啊，此去不能再反悔啊，一定要把附二院打造成为能够承担教学、科研任务的医院，再回来见我哟！"钱院长语重心长，一直把他送到办公室门口。

王鸣岐连声说道："院长您放心，搞不好附二院我绝不回来见您！"

王鸣岐义无反顾地去了重医附二院，一头扎在医疗和教学之中。奇怪了，这一次，王鸣岐一众人没有被赶走，还深深地扎下了根。王鸣岐有他的招数：初来乍到，你必须谦虚谨慎，广交朋友；你必须身先士卒，吃苦耐劳；你必须放下架子，平等待人；如此等等。王鸣岐有过硬的医术，有丰富的经验，还有在上海华山医院、重医附一院通过实践总结出来的现代医院管理方法，重医附二院的同人不得不服。王鸣岐说，我是来干事的，是来发展医院壮大医院的，又不是来享福的，他们为啥要赶我走？不会的。很快，他就和老员工们打成一片，如鱼得水。经过数年努力，重医附二院在很多方面都转入正轨，还破天荒地施行24小时全天候接诊看病，成为渝中半岛最有名的医院之一。

好景不长。"文革"开始，渝中解放碑一带成为派系斗争最激烈的地区。形势紧张，物资供应也成了问题，上医过来的400来号人中的绝大多数，纷纷带着老婆孩子从水路陆路回了上海，只留下八个人维持医疗工作，原本熙熙攘攘的医院顷刻间冷寂如旷野。上海的老父亲获知重庆的情况，一连打了几个电话，叫他带着妻子儿女返回相对安全的上海。这期间市区的医院全都关门了，只有附二院还开着。有一天，一个病人被板车拉到医院，检查后诊断为阑尾穿孔，病人说医院都关门了，找了三天才找到这里。王鸣岐立即叫上外科主任郁解非和麻醉科的一位年轻医生，自己当手术助手，三人一同完成了手术。面对这种情况，王鸣岐说，重医附二院要是再关门，病人就没有地方看病了。他一咬牙，把老婆儿女送上火车，送去了上海，自己则单身一人留了下来。

王鸣岐面子大，胆子也大，居然找到武斗双方的造反派头头，与他们谈妥：每天早上9点到11点允许医院开展医疗活动，以救治病人。在此期间两派必须停止冲突。于是王鸣岐每天上午带着15个重医附二院医务人员，在马路边坚持对外门诊，维持基本的手术和治疗，在非常时期保障了群众的生命健康。他说，我不会离开医院，也不会介入派系争斗，无论是哪派的伤病员，都一视同仁，尽力救治。医院的老工人胥汉卿被他的精神感动了，组织了70多位职工协助他，为急需救治的老百姓看病发药，一直坚持到数月后军代表接管医院，停止武斗。

从1963年开始，王鸣岐在重医附二院工作了整整11年。1974年，年逾五旬的他奉命离开了已经颇具规模的重医附二院，回到重医附一院任副院长和肺科教授，依旧干他的老本行，主持相关的医疗教学科研工作。

老骥伏枥　嘉木长青

此后的王鸣岐可以说一路顺风顺水。1977年升为肺科教授，1980年至1983年，任重庆医学院副院长。

1979至1991年，王鸣岐兼任重医附一院呼吸病研究室主任、硕士研究生导师。1991年7月，年届古稀、身为正教授的他本应退休，可是因为德高望重、技不可缺，时任重庆医科大学校长的周雅德先生特别报请教育部批准，挽留他一直工作到76岁方才正式退休。也是在1991年，王鸣岐与上医肺科两位教授崔祥瑸、萨藤三共同编写出版了《实用肺脏病学》，洋洋95万字，由上海科技出版社出版。该书共印刷四次，印数达24000册，成为国内肺科院校必备的经典教材。

王鸣岐所任的医学专业社会性职务举不胜举，历任中华医学会呼吸病学分会常务委员，四川省医学会理事、常务理事，四川省卫生厅科学技术评审委员会副主任委员，重庆市医学会理事、常务理事，重庆市医学会呼吸分会主任委员，中国防痨协会重庆分会副理事长，中国抗癌协会理事，重庆市抗癌协会理事长，《中华结核和呼吸》杂志编委、常务编委、副总编辑、顾问，《四川医学》副主编，《国外医学呼吸分册》特邀编辑，《重庆医学》编委，等等。

王鸣岐先生先后发表有关肺结核病、慢性阻塞性肺病、慢性肺心病、肺功能测定、呼吸生理、肺癌、肺部感染等方面的论文 70 余篇，参编医学专著 10 本，任《中国医学百科全书·肺病学卷》副主编，是《实用肺脏病学》的主编之一。在尘肺、血气分析、煤矿工人的肺功能等方面的研究较深，撰有《煤矿工人的肺功能测定》《简易重复呼吸法测定动脉血二氧化碳分压的评价》等论文。

回到重医附一院的王鸣岐，主持科研教学工作。虽然他已年近六旬，却壮心不已，除了经常亲上讲堂，还不遗余力地鼓励指导中青年教师登台教学。有时为让中青年教师达到最好教学效果，他不惜时间精力辅导他们反复预讲，并为他们逐字逐句纠正教学语言，演练每一个姿势，书写每一条板书，真可谓呕心沥血，寸断肝肠。

他身为主管科研的院领导，自然得把大量的时间花在带领、指导、鼓励中青年教师以及医护人员开展科研活动上。除了不厌其烦地为他们联系杂志社、出版社，发表他们的论文外，医院还给了众多作者奖励以及提前晋升的机会。

尽管工作如此繁杂，他还兼任了医院工会主席一职，为广大职工谋福利，解困难，就连创建幼儿园、子弟校这类小事，他也亲自过问，从而赢得了广大职工的敬重与拥护。

我们来听听他的老同事老部下是怎么评价他的：

王福荣（原重医附一院院长）：我们是跟着"二王"（另一位是王宪林教授，已故）来重医肺科的，在上医时，他就是我们的偶像和楷模。王院长真正做到了一辈子听党的话，打起背包就出发。几十年间，他走南闯北，上高原、去农村、建二院、搞科研、勤教学、带学生，能做的事都做了，而且样样出色。他对我们又严格又放手，使得我们肺科人才辈出，好几位都当了院长，足见其榜样的力量。

陈曼丽：（护士长、正高）：我是随王院长一起来重医的，他对我要求可严格了。有一次，他对我的汇报不满意，就声严色厉地说，你这样只能打50分，不及格，不要以为你是护士长，如此永远只能是个中级。我回去立马把所有的X光片看了一遍，第二天再向他报告，他眉开眼笑地说，这次为啥做得这么好？100分！此后每次我去看望他，他都笑着说，我批评过你，你还来看我？我们去看他，还不准我们带东西，带了也得拿回去。

罗永艾（教授、博士生导师）：王老师治学严谨，一丝不苟，教案、课题、论文，但凡经过他手，那就是一字一句、一个字母、一个标点符号也不放过。记得有一篇文章经他改了8次才获通过，就连查病房也必须定时间、有预案。他有一句口头禅：人命关天，必须从严。这对我们一生都是座右铭。

张天敏（教授）：我来肺科不久，听过王鸣岐院长的一次讲座——抗生素的临床应用，受益匪浅。有一天，我下夜班回家正在睡觉，被王福荣院长电话惊醒，让我去参加司徒院长的抢救。司徒院长被诊断为肺部感染，病情危重，许多院内外专家会诊，认为是院内感染，但是使用了许多高级抗生素也不见好转。这使我想起了王鸣岐院长的讲座，怀疑是不是存在二重感染。我当时很年轻，推翻不了专家们革兰氏阴性菌感染的论断，于是我每天开10多张化验单，把他的痰液、尿液、大便、血液标本反复拿去化验，结果查出来是曲霉素感染，而后对症下药，终于让司徒院长转危为安。还有一位年轻人，支气管扩张伴感染住院，抗生素对其医治无效，我依然循着头一次的思路，找胸外科李朝先医生会诊活检，果然是曲霉素感染。这两次成功将病人治愈，得益于王鸣岐教授的那次讲座，他说，作为医生不能拘泥于教条，要学会思考和思辨，这才能让你的医术愈加精进，有所发现和创新。这是我一生难忘的教诲。

王教授的大儿子王健告诉我，记得那时常常夜半一觉醒来，父亲还在小小的台灯下伏案疾书。后来才知道他是在帮别人修改论文稿件。在他书桌上摞着一尺多厚的文稿，署着的几乎都是医院各科医生的名字。医院的许多资深医生，都曾被他"请"到办公室或家里讨论他们的论文，直至夜阑时分。父亲常常不顾及他们的身份或职位，也不怕他们有微词，始终坚持近乎苛刻的态度，字斟句酌，一遍遍让他们修改论文，连错别字不放过也一个。有时我问他，何苦如此呢，他说他是许多重要医学杂志的主编或编委或主审，必须从严要求，科学来不得一点马虎与虚假。由于历史的原因，当时许多人论文写作能力有限，只有这样严格要求，才能尽快提高中青年教师、医护人员的论文撰写能力，提高他们论文的水平和中稿率。正因为如此，父亲为医院各科培养出一大批科教研精英，为医院后续发展奠定了坚实的基础，为医院的不断进步铺平了道路。他曾在父亲六十大寿那年，为他精心选购了一盏台灯，寓意他就像台灯一样，照亮了别人，消耗了自己。

德昭世界　光耀后代

重医附一院的同事们把王鸣岐、王宠林、王福荣、王正中四人戏称为呼吸科的"四大天王"，不仅仅因为他们都姓王，也因为他们在这一领域的确成果丰硕，名扬医界。

1958年8月，王鸣岐教授、王宠林教授以及王福荣、张治、陈曼丽、钱之文等同志一起赴渝组建重医附一院肺科，从无到有，开设肺科门诊，成立肺科病房，并建立了肺功能实验室。肺科创建之初，条件简陋，人员缺乏，但是依旧承担了医学院1961级在校生的内科学呼吸系统疾病的临床教学授课、示教和生产实习等方面的任务。医院在1960年成立呼吸系统教研组，医疗及科研设备不断增加，在肺功能实验室的基础上，又设立结核菌实验室，重点开展慢性阻塞性疾病和肺结核病的防治研究。还积极参加重庆市及四川省的呼吸系统疾病专业学术活动，王鸣岐和王宠林两位教授在促进和提高地区专业疾病防治以及科研学术方面做了大量工作。

20世纪70年代，成立了由王鸣岐、王福荣、王正中、吴亚梅、徐华国等同志组成的附一院肺心病研究小组，参加全国肺心病研究协作组，研究了小气道疾病的闭合气量改变和肺气肿的肺功能改变、肺心病酸碱失衡的临床意义，慢性阻塞性疾病的气道可逆性和中枢敏感性测定及中枢驱动等问题。

20世纪80年代，成立了由王宪林、张治、罗永艾及黄习臣等组成的肺结核病研究小组，参加全国结核病防治工作，并取得突出成绩，结核病尤其是耐药结核病及其防治在国内处于领先水平。1980年，经四川省卫生厅批准，成立了呼吸系统疾病研究室，王鸣岐任主任，王宪林、王福荣任副主任。1981年，内科学（呼吸病学）被批准为硕士学位授予点，王鸣岐、王宪林教授开始招收硕士研究生。

20世纪80年代，医院开展了慢性阻塞性肺疾病、肺结核病的防治，并添置了纤维支气管镜设备，开展对肺癌早期诊断的研究工作。在此期间成立的脱落细胞室和细菌室，在肺癌、肺结核等疾病的诊断方面起到了积极作用。1986年，在西南地区率先开展选择性支气管动脉介入治疗肺癌、大咯血等疾病，是当时国内呼吸病领域少有的自行运用该项技术的呼吸内科。

经过近60年的不断发展，几代人的拼搏进取，重医肺科现已发展成为国家临床重点专科建设项目、重庆市呼吸内科医疗质控中心、重庆市医学重点学科、重庆市教委重点学科、重庆市睡眠呼吸疾病中心、重庆市肺部肿瘤综合治疗中心、中国肺癌联盟西部地区首个肺小结节诊疗中心、国家呼吸与结核病药物国家药物临床研究基地，是重庆市唯一一家独立拥有脱落细胞室和细菌室的呼吸内科，并荣获全国医药卫生系统先进集体称号。近年来发生的历次重大呼吸相关公共卫生事件，如非典、甲流等，科室都作为组长单位参加救治。科室的整体实力和影响力居重庆市首位，在国内呼吸内科领域不断提升。

2010年至今，每年均有博士、硕士进入科室工作，科室队伍不断壮大，至2016年，科室已有在编医师38人、护士105人、技师9人。科室的医疗、教学、科研等各项工作有了长足的进步，床位扩增至近180张，包括两个普肺病区、RICU、结核病区、气道介入病区及金山院区。学科不但保有全部呼吸内科病种，并且逐渐向亚专业纵深发展。

随着医疗水平不断提高，各亚专科领域新、特色技术不断涌现。以往，肺科特色医疗为无创通气在慢性阻塞性肺疾病和支气管哮喘中的应用。近年来，以经血管、经气道和经胸腔介入为一体的肺病3D介入诊治体系作为一张特色名片，在国内呼吸介入领域独树一帜；有创—无创双模闭环通气撒机技术在国内外得到广泛认同；良恶性中心气道重度狭窄/全闭塞的内镜下介入治疗为广大患者带来了福音，该技术分别获得医院新技术及特色技术奖；科室是国内首家开展经支气管冷冻肺活检的单位，该技术为弥漫性肺病的诊断提供了一项新型微创诊断方法，临床应用前景良好。

这些成绩的取得，少不了王鸣岐等"四大天王"的言传身教以及科室所有专家教授、医务人员的勠力同心、精益求精。

我接触到的重医人，无论是他的同事，还是他的学生抑或孩子，都众口一词地说，王鸣岐是一个无私的人，是一个把全副身心全部精力贡献给人民卫生事业的人。尽管长期处于院校系科领导岗位，他却从不以权谋私，始终严于律己，兢兢业业做事，老老实实做人。他在各种场合都表达了他的这些观点：

"人在艰苦的环境下才能成长。"

"吃苦越多，前景越大。"

"医生，不应该只考虑金钱，更要看重医学事业。"

"做一个好医生，要多在临床实践，对患者要有责任心。"

好多听他讲过这些警句名言的中青年，都说印象深刻，将铭记一生。

来重庆工作后，王鸣岐可以说任务不断，东奔西走，赴藏区研究高山病，去酉阳除害灭病，在江北除害灭病，等等，五年中有三年半时间不能回家。山高路远，邮路闭塞，通信也是难事。又适逢三年困难时期，他的妻子王文溪一人守着家，除坚持口腔科正常工作外，还要抚养照料三个年幼子女，生活格外艰辛。但是他们夫妇从没有向医院和组织要求过任何帮助，也没有领过一分钱的补助。

王文溪长期在重医附一院牙科护理一线工作，积劳成疾，中年以后身体渐衰。直至妻子从护理一线以中级职称退休，他也没为妻子谋取过任何一个轻松的岗位或职务。哪怕只是吹灰之力，只需要一句话，可是他没有！

改革开放初期，身为重庆医学院副院长的他，主管科研教学，可谓大权在握。其时，国内掀起了出国留学进修的热潮，他亲自联系了国外数所医学院校，前后输送了数百名重医人出国进修培训考察，却没有利用职权送自己的两个学医的子女出国深造。

至今他还记得，他联系上医旅美校友张治道先生，资助了九名教师去

第二部分　繁花

美进修。张先生还为重医助建阅览室一间，赠送英文书籍 400 册，每本都写上了自己的名字。鸣岐先生对笔者说，学校时下正值壮年，可谓人才济济，名家多多，应该把重医校友会办公室建立起来，可以互通信息，加强交流，邀请知名校友回来讲学，也可以走出去学习提高，不能老死不相往来。有能力的校友，还可以为母校提供设备、仪器、图书资料，进行师资培训，等等。96 岁高寿，依然关心学校建设，关注人才培养，笔者不由得为王老的高风亮节唏嘘感慨，击掌叫好！

他的小儿子王冬告诉我，父亲已到祥瑞之年，身体康健，精神也好，得益于每天坚持写毛笔字。他说，写毛笔字能让人心境平和，可降血压。王老有遗传性高血压，近些年一直未用药物，血压也控制得很好。老人家的记忆力非常好，说起几十年前的人物事件如数家珍，就连每个人的名字、每个事件的时间地点都能清楚说出来。几十年来，他保持着良好的读书习惯，他的书房里，堆着满满一屋子他视为珍宝的书籍，不仅有医学类书籍，还有各种文学名著，等等。更令人称道的是，他虽高龄却并不迂腐，年轻人会的电脑他也运用自如，每天晚上还会用电脑看新闻，打字整理文稿，还会用电脑收发邮件。

王健始终记得父亲反复说过的一句话："重医附一院是我们自己的医院，我们永远是重医人！"这句话蕴含着老一辈重医人对学院、医院的全部深情，也寄托着老人对重医未来的美好祈愿。60 年无怨无悔，60 年含辛茹苦，60 年奋斗不息，一个崭新的综合性一流医科大学已经在中国西部崛起，乘时代之东风，直上万里云端。

但是人生总归有遗憾。

王鸣岐先生对我说，他此生最大的遗憾，是在他父亲弥留之际，未能亲往病榻告别。王老是中国老一辈知识分子的楷模，是以忠孝立身的文人典范。他克己奉公，诲人不倦，却也摆脱不了身为人子的两难。其实，鸣岐先生可以释然了，因为他遵从了父辈的教诲：医学救国，倾尽心血为苍生；建发达强大的国家，洗"东亚病夫"之耻辱！看我今日强盛之中华，正是由他，由他们，由我们一起倾力建造！

2017 年 1 月写于重庆渝中听风阁

一位麻醉专家的诗意人生

——重医教授董绍贤

编者说

生活中的董绍贤教授爱好广泛，充满诗意。他喜欢读书，喜欢写毛笔字，年轻时候也是一个文青。

这个场景至今让很多人记挂在心，说起他人们依然眼里噙满泪水。

那是 2003 年 5 月的一个早晨，初夏的重庆医科大学附属第一医院家属区花木葱茏，阳光下的绿树盆栽一派盎然生机。咫尺之外的门诊楼内外人声鼎沸，新的一天就这样如常开始。此时，一位耄耋老人，发白如银，慈眉善目，精神矍铄，在一行人陪伴下缓缓走向一辆轿车。车门开启，老人躬身欲入，忽然间，他回身环视眼前的高楼庭院，眉宇间满是不舍和牵挂。良久，从他的喉咙里蹦出一串震撼人心的声音："重医，我的重医，我走了！"

这位老人，就是我国著名的麻醉学专家、重庆医科大学附属第一医院麻醉科原主任董绍贤教授。老人此时已是九秩高寿，应其子女董景辰、董景敏要求，他和夫人景用仪将前往故地上海，安度晚年。

麻醉学，对于世上绝大多数人来说非常陌生，可是对于每一位动过大小手术的人，哪怕只是一次注射、一次拔牙、一次内外伤患，也就和它搭上了关系。它是就医、手术不可或缺的环节，是保障人类生命的必备手段。

笔者和读者诸君一样，对麻醉学几乎一无所知，对之也有着特殊的神秘感。那就让我们随着董绍贤教授的生命脚步，去窥探它的神奇与伟大吧！

寻寻觅觅，认定医学可救国民于水火

　　和王鸣岐先生以及许多上医过来的同事一样，董绍贤也是浙江人。他生于慈溪，在老家读完初中方才去上海求学。青年人去大上海发展才有出息，这几乎是当年浙江富庶官宦人家子弟的共同看法。上海是世界有名的远东大都市，十里洋场，经济发达，教育环境、师资力量自然大大超越浙江，就业前景也远非杭州宁波能及。可是董绍贤在上海读完三年高中，并未像一般有钱人家子弟一样继续深造，而是报考了当时颇为时兴的无线电培训班，结业后在南京当了一名半军事化的收发报员。

　　在 20 世纪 30 年代初的中国，无线电报务员可是个时髦的职业，然而董绍贤没兴趣。那些数字和密码对于他来讲太过虚幻，他常常在工作之余遐想，一心寻找他以为于国于民有益、自己又深深热爱的工作。1931 年"9·18"事变，日本人全面占领东北，此后大批流亡人员入关，逃往沪宁一带，也有伤兵病民滞留在街头路边。年及弱冠的他每每碰见，都会从自己微薄的薪酬里拿出一些，救济这些苦难的同胞。饥民灾民病入膏肓，此时就会有打着红十字会标的救济人员、医务人员出现，让面善心慈的董绍贤心底泛起了温暖。有一天，他忽然醒悟：不干这报务员了，我还年轻，我学医去，救百姓于水火，去"东亚病夫"之臭名，为国家为民族做一些实实在在的事。

　　决心已定，立马辞职，立马行动，立马温习已经丢弃了几年的高中课程。功夫不负有心人，1934 年夏天，21 岁的董绍贤成功考入当时中国最著名的高等医学学府——国立上海医学院，六年制本科，主修临床儿科学。此后，他的学业和工作可谓一帆风顺。1940 年毕业后，他进入上海儿童医院工作，任医师、主治医师；1944 年转往上海市德济医院，任儿内科副主任；1948 年进入上海美高德士古石油公司，任中国职工保健医师。大学期间，他结识了正在某教会学校读书的大一女生景用仪，不久后结为连理，相许终身。景用仪乃来自武汉的大家闺秀，英文特别好。两人情投意合相见恨晚，她从此放弃学业，追随了董绍贤先生一世一生。

改行麻醉，为创立发展现代麻醉学呕心沥血

时下的战争题材影视剧中，经常可以看到一些恐怖的镜头：战地医院因为没有麻药可用，往往用点酒精一涂，拿把木锯就开始截肢，拿个刀片就开始破腹割肉。为了抑制疼痛，就让伤员嘴里咬着毛巾，伤员大汗淋漓直至昏厥过去……其实，即便在当年的大城市上海，麻醉技术也停留在很落后的水平，无论是器械还是技术，更没有科学的论述和临床的权威实践。新中国成立后，西方国家对我们进行严密封锁，更是致使我国的麻醉学研究形同空白。

所幸此时从美国回来了一位麻醉学专家，他就是吴珏。

1950年初，吴珏教授留美归国，和那个时代许多学成归来的学子一样，他是满怀报国之心回来的，因为他看到了新中国如冉冉升起的朝阳，屹立在世界的东方。国家一贫如洗，百废待兴，他们回来就是要建设这个伟大的国家，让中国重回世界强国之林。吴珏立志振兴中国的麻醉学，他几乎是白手起家，没有设备和药物，更没有人才。吴珏先生和董绍贤先生都已作古，笔者已无从了解吴珏当年是怎样看上董绍贤的。但是从所存无几的资料里，我看到董绍贤先生的一份自我专业技术工作述评里有这样一句话：他推荐我返回母校，协助其完成这一理想。

其时，董绍贤已经从事了十年儿科临床医疗工作，已经做到了德济医院的儿科副主任，后又在上海美高德士古公司任职工保健医师，可谓名利地位都有了，为什么还要去从事自己不熟悉的麻醉学研究呢？也许是因为吴珏教授精神的感召，也许是因为一种义不容辞的使命感、一种不可推卸的责任感。西方不是封锁我们么？虽然我们买不到高效麻醉药，买不到先进的设备，致使外科许多大型的和较为复杂的手术都无法开展，但中国人民是从来不怕威胁封锁的，我们可以自力更生，自找门路。

吴珏教授是有心人。他从美国带回来的320册美英麻醉学杂志，成了董绍贤他们最好的教材。他在美国学到的麻醉学知识、麻醉学临床实践，以及使用的麻醉药物和器械，都成了他的学生们、同事们共同的财富。他们日夜研读，分析推演，反复论证，深思熟虑，根据当时的物质条件，决

定把硬膜外麻醉术作为首个主攻对象，同时在上海医学院附属中山医院，成立了中国第一个麻醉学教研室，由吴珏担任主任，董绍贤任副主任。

有了队伍，也有了目标，他们开始尝试制造麻醉工具，并且协助相关药厂研制高效麻醉药，在各类手术中推广使用。经过整整八年的艰苦探索，反复总结，不断改进，功夫不负有心人，终于开发出一套高效安全、费用低廉、适用于腹部以下各类大小手术的硬膜外麻醉术。成功得来实在不易，近3000个日日夜夜里，他们可谓殚精竭虑，注重临床实践，注重每一个细节，注重理论提升，使之愈加成熟简便，成为国内麻醉学领域的经典技术。八年中，先后有江苏、浙江、福建、广西、山西、新疆、武汉等省（自治区）、市医学院校派员前来学习取经，他们后来都成了我国早期麻醉学骨干人才。这20多位麻醉学骨干回到当地后，又将他们学到的专业技能向各地市县的各级医院推广普及，有如滚雪球般日益扩大。据粗略统计，至20世纪末，国内80%左右的县级医院都已经配有专职麻醉师使用这一麻醉技术，从而凸显了它的社会效益和经济效益。

1954年，就在他潜心研究麻醉学之际，董绍贤受命调往上海医学院附属华山医院任麻醉科主任、副教授。也就在这一年，他们在国内首创并推广了硬膜外阻滞麻醉技术及相应的器械，研制出了我国第一台"陶根记"麻醉机，同时改良了气管插管套囊技术，使我国在西方国家药品和技术封锁的艰苦条件下，仍能开展各种常见手术的麻醉。董绍贤教授还改良了骶管阻滞麻醉技术、颈神经丛阻滞技术、半开放式麻醉技术，率先在国内开展了颅后窝坐位手术麻，在20世纪70年代初即倡导世界性项目——无痛分娩的研究。董绍贤教授的一生填补了我国麻醉学专业的许多空白。

四年之后的1958年10月，他奉命支援内地，前往甫建不久的重庆医学院附属第一医院组建麻醉科，并担任相应职务。

援建重医，在荒山僻岭上描画新图

我本不想重复介绍援建重医的每一位专家的心路历程，但董绍贤教授的表现还是得写一写。用他的钢琴家女儿董景敏的话说，父亲是一个心胸宽敞的人，他们那一代知识分子，真的是忧国忧民不计得失，对组织的决定坚决执行，上边定了的事二话不说，打起背包就出发。家里完全没得商量，他听组织的，母亲景用仪听他的，弟弟董景辰年纪小，自然也得听他的。只有她正在上海音乐学院附中读书，重庆没有相应的学校可去，所以留下了。那个时代的人，把能去艰苦的地方工作当作一种光荣，国家的需要就是一切。

所有来到重医的上医专家面对的困难几乎是一样的，穷乡僻壤，泥屋茅舍，交通不便，有点思乡。然而更严重的问题是医疗教学设备匮乏，难以正常开展工作。新成立的重医附一院麻醉科更是如此，一切都需要白手起家。上海当时毕竟是中国最发达的城市，医疗设备、人才储备、药物研制，没有哪个国内城市可以与之相比。重庆就不好说了，抗战时期搬来的学校迁走了，大批优秀的人才回去了，医疗设施之落后，器械物资之匮乏，令董绍贤一行大为吃惊。吃惊之后，还得静下心来想办法。

随丈夫姚臻祥（外科教授）来渝的唐伟玲一直在董绍贤教授的领导下工作，说起当年的人和事，白发苍苍的老人兴致勃勃。"当年那个条件呀，年轻人是不晓得的，真是要啥没啥。从上海带过来的一只弹簧血压表都成了宝贝，如今都成文物了，我还保存在身边呢！"她说，重医的麻醉学科，就是董教授亲自创建发展起来的，那时候重庆没人敢做胸外科手术，更没人敢做脑外科手术。董教授一来，不仅带来了新的理念和思想，带来了手术麻醉的规范程序，还带来了新的技术和自制设备。西方国家不是封锁我们嘛，他就带着我自己做，大到麻醉机，小至一针一管，都是自己设计，自己制造，逐步摸索改进，为医院各科手术麻醉做了最充足最安全的保证。重医胸外科麻醉和脑外科麻醉，都是从董绍贤开始的。

麻醉科原主任李秀英说到老主任董绍贤，更是如数家珍。她说，在董教授领导下工作，收获大进步快，天天都能学到新东西。1975年，她奉命参加援藏医疗队，那时她只是一个到院三年多的住院医生，可以说好多东西还没搞明白，可是去了拉萨就得独当一面。怎么办？那时候长途电话费贵，拉萨打到重庆尤其贵，一般人哪里承担得起，只能写信。即便是信，也要在路上走十天半月。每每有一点疑难问题，她就写信向董主任请教，董主任可是见信必回，从不拖延。两年下来，李秀英收到一大摞他的回信，学到了好多麻醉学知识，这是真正的医学"两地书"。她在麻醉学的医教实践中迅速成长，多年以后，成为了重医新一代的麻醉学专家。

李秀英虽已退休，却仍显得非常精干，她对我说，董绍贤教授一生可谓卓越不凡，教书育人、辛勤耕耘、动手动脑，永远走在创新的路上，在20世纪50至80年代，为推动重医附一院、重庆乃至整个西南地区麻醉学的发展创新做出了重要贡献，堪称麻醉界的先驱。为了证明她的判断正确，她还从以下三个方面写了非常专业的说明，为保证准确无误，笔者只能抄录如下了：

1. 对单次硬膜外麻醉穿刺针的引进。20世纪50年代初期，有70%到80%的外科手术采用局部麻醉，包括硬膜外间隙注射局部麻醉药（即硬膜外麻醉）和蛛网膜下间隙注射局麻药（即腰麻）。而硬膜外麻醉较腰麻发生头痛、尿潴留等并发症更多（少？——笔者注），麻醉可控性好，手术适应证更广泛，麻醉安全系数大大提高。由于那时硬膜外麻醉器械稀缺，一定程度上限制了硬膜外麻醉的广泛使用。董绍贤教授自己动手，将尖锐的腰麻穿刺针尖端磨成圆弧形，使其变钝成勺状。采用这种改良的腰麻穿刺针进行硬膜外穿刺时，可避免穿破硬脊膜而进入蛛网膜下间隙发生腰麻的并发症，即可安全地进行硬膜外麻醉，这在当时是绝无仅有的。

2. 早期创造性开展连续硬膜外麻醉。随着外科技术的不断发展，手术范围扩大，疑难手术增多，除全身麻醉外，单次硬膜外麻醉已不能满足较长时间（大于两小时）手术的麻醉，需要改单次硬膜外麻醉为连续硬膜外麻醉。虽然当时市面上能买到硬膜外穿刺针，可不能改良腰麻穿刺针，然而连续硬膜外麻醉导管又买不到。董绍贤教授创造性应用普通的塑料细管（中间是空心的），经特殊消毒处理后进行连续硬膜外麻醉获得成功，在以后的20多年一直沿用这种塑料管。直到90年代初麻醉器械的改进和标准化要求，才有了目前使用的带刻度的专用于连续硬膜外麻醉的导管。

3. 创造性自制乙醚挥发罐解决全身麻醉急需设备。某些外科手术要求在全身麻醉下进行。全身麻醉时中枢神经系统抑制，患者无意识，全身不感到疼痛。在20世纪60、70年代，麻醉器械稀缺，全身麻醉机更少。董绍贤教授自制乙醚麻醉挥发罐，将自制仿"亚利氏"麻醉机的三通开关安在挥发罐上，形成一个半开放的吸入麻醉方式。麻醉中患者保持自主呼吸，麻醉深浅可控性好，麻醉安全系数提高，麻醉后苏醒快，全身麻醉并发症降低。在那样的年代，麻醉作为外科手术的幕后英雄，创造条件配合手术的需求，为外科手术的发展做出了卓越的贡献。没有麻醉就没有外科的发展，而外科手术的发展也促进了麻醉事业的蓬勃发展，董教授的创新也证明了这点。

现任麻醉科副主任的陈萍教授说起董绍贤先生，也是眼含泪光，滔滔不绝。因为她也是董绍贤教授一手带出来的。1983年，品学兼优的她从临床专业毕业，原本一心想去心内科，却被神经外科的杨维医生推荐给了董教授。可她对麻醉学了解甚少，正在犹豫时，董教授找她谈了话，详细介绍了麻醉科的来龙去脉、发展前景，建议她不要放弃这么好的机会。临走还送给她好多《中华麻醉学》杂志。她说，那次谈话彻底改变了她的医学道路，从此与麻醉学结下了不解之缘。

陈萍说，那时她很年轻，对未来充满了憧憬和幻想，但是当面对董教授这样的国内知名大学者大专家的时候，他的人格魅力和医学魅力立刻征服了她，她觉得应该去麻醉科，义无反顾！人生难得一知己，她和董教授成了忘年交。30多年下来，她觉得这条路走对了。后来工作，读研，结婚，生子，升职，提干，可谓一帆风顺，如今她已成为麻醉学知名教授。无论做人还是做事，她说，都得益于董教授的谆谆教导，没有他的教诲与提携，兴许就没有她今天的收获与成功。

知恩图报，这是中国人传承几千年的品德，如今正在李秀英、陈萍等的身上熠熠闪亮。我想董绍贤先生在天之灵有知，也会为弟子们的成就和感恩而欣慰不已。

陈萍真是有心人，除了李秀英教授前面列举的诸多医教科研临床成就，她还给我送来了几大页手写的董教授专业与学术贡献的详细资料，让我大为震撼，耳目一新。可我写的是非学术文章，不可能将之全文照录，还是摘其要点以窥见一斑吧！

董绍贤教授和房秀生教授将硝普钠用于颅内动脉瘤夹闭的控制性降压……至今该药物一直在临床中使用；

董绍贤教授和蒋夏教授将大剂量芬太尼麻醉用于体外循环心血管手术……至今也在麻醉界沿用；

董绍贤教授率陈敦敏教授将传统颈神经丛阻滞方法改良为肌间沟注射法，应用于颈前部如甲状腺手术等；

分娩镇痛……董绍贤教授和陈敦敏教授尝试用硬膜外麻醉或者骶管阻滞来进行分娩镇痛，意识超前；

重新启用腰麻的准备……董绍贤教授曾经在准备好全麻的情况下，又对传统的腰麻进行改革，可惜因退休未能继续；

将硬膜外麻醉成功用于肾移植受体的麻醉，为董绍贤、陈敦敏二位教授所亲为，手术非常成功，乃重医附一院第一例肾移植手术；

……

实际上，作为麻醉科现任主任的景苏教授，曾经在一篇文章中全面概括了董绍贤教授的学术成就和医教建树——

1958 年 10 月，董绍贤教授积极响应国家支援内地建设的号召，从上海来到相对落后的重庆市，在艰苦的条件下参与创建重庆医学院附属第一医院麻醉科，任麻醉科首届主任。董绍贤教授曾任中华医学会麻醉学分会全国委员、四川省医学会常务理事、四川省麻醉学专业委员会主任委员、重庆市麻醉专业委员会主任委员，曾担任《中华麻醉学杂志》《临床麻醉学杂志》《国际麻醉学与复苏杂志》编委。董绍贤教授是四川省及重庆市麻醉学界的重要奠基人之一，为我国现代麻醉学的创立和发展付出了毕生的心血，1985 年退休，载入重庆市卫生志。

董绍贤教授是建国以来最早投身麻醉学专业的人员之一，从事麻醉学临床、教学及科研工作 40 余年，对我国麻醉学的发展做出了杰出的贡献。董绍贤教授是重庆医学院第一位麻醉学硕士生导师，培养了大批麻醉学专业人才，可谓桃李满天下，不少人现已成为当今麻醉界的知名人士和学科带头人，如房秀生教授、张德仁教授、陈敦敏教授。1959 至 1979 年，他曾先后主持举办了四次重庆周边区、县级医院麻醉人员培训班，学员数百人，填补了这些地区的麻醉空白。

董绍贤教授以毕生的教育经验和体会为基础，综合参考国外麻醉学教材和论著，亲自编写了多部教材及著作，对创建我国特色麻醉学教育理念做出了积极贡献。例如，《重庆医学院医疗系麻醉学教材》（主编），《外科学——高等医药院校协作编写试用教材》（合编），《外科学——全国高等医药院校试用教材》（合编），《外科学——高等医药院校教材》（合编），《麻醉并发症》（主编），《静脉麻醉药理及临床应用》（合编），《妇产科理论与实践》（合编），《难产与围产》（合编）。

董绍贤教授的主要科研及技术革新成果包括：颅后窝手术坐位麻醉（1956）、硬膜外激素治疗椎间盘突出症神经痛（1963）、乙醚麻醉半开放式装置（1972）、食管异物取出的麻醉处理（1979）、骶管阻滞改良途径（1979）、芬太尼静脉麻醉（1982），这些技术革新成果均在院内外推广应用，受到一致好评。

董绍贤教授的代表论文包括：《一种改良的骶管麻醉方法》（中华外科学杂志，1980）、《硬膜外麻醉用于分娩止痛 20 例》（中华麻醉学杂志，1981）、《硝普钠用于控制低血压》（中华麻醉学杂志，1981）、《硬膜外吗啡用于剖胸手术后止痛》（中华外科学杂志，1982）、《麻醉技术的临床应用》（中华麻醉学杂志，1982）。

足够了，这些文字和资料，已经给我们描绘出一位麻醉学大师的丰满形象，让我窥见了董绍贤教授五彩斑斓的麻醉人生。唯有崇敬，唯有膜拜，唯有怀念。

亦师亦父，兢兢业业写出诗意人生

我曾几次电话联系远在上海和北京的董景敏、董景辰姐弟俩，让他们谈谈父亲，谈谈他们和父亲的故事。让我惊讶的是，他们居然讲不出多少有价值的东西，更没有我所希望的细节和桥段。不怪他们，钢琴家董景敏1958年以后就和父母分居沪渝两地，难得见面，再次团聚已是45年后的2003年。高级工程师董景辰虽然跟随父母来重庆六中（今求精中学）上高中，但是每周才能回家一次，每次都要翻越高高的鹅岭，回到家也不一定能见到他，他的工作太忙了，成天都泡在科室里、病房中，见了面也说不上几句话。他说，虽然父亲当时已经是高级知识分子，但是看不出和老百姓有啥不同，也没看见他买什么新衣服，最常见的就是一身白大褂。他自己常年住校，从未受过特殊照顾，此后考入南开大学物理系，和父母也就地北天南，难得一见。他们说，他们理解那个时代的父亲母亲，他们把全部心血都献给了事业，献给了重医。

说实话，我听着电话那头冷静的叙述，有几分心酸，我比他们小不了几岁，我同样经历过那个时代的生活。我说，好吧，不麻烦你们了，你们的父母很优秀，你们也很优秀，这就足够了，起码他们给了你们非凡的遗传基因。我的话让他们轻松了许多，反过来安慰我说，能写多少就写多少吧，麻烦你了哟！

与之相反，董教授麻醉科的老部下和弟子们说起老领导却热情洋溢，抢着发言：这个说，董教授待我们如子女，百问不厌，有问必答；那个说，董教授为了帮助我们提高英语水平，把每周二下午固定为学英语时间，坚持不懈，学的都是英语医学原著或者期刊选段，这对提高科室人员英语水平起到了极大的作用。董教授退休了，蒋教授又接过来，至今业务学习仍然在周二下午，形成了几十年不变的好传统。

对于青年医教人员的培养，董绍贤一向抓得很紧，新教师上大课前都必须在科室试讲，让大家来挑毛病，改正了通过了才能上讲台。无论新生老手，他都要拣过拿错，哪怕一次板书，一个手势，都要给示范纠正，更不用说教案和讲稿了。他带出来的研究生，个个品学兼优，无论在院内院外都出类拔萃，成就斐然。其中有位硕士研究生张德仁，毕业答辩时，远道而来的考官、上海同济医院金士翱教授夸他已经达到了博士生水平，如今的张德仁已经成为深圳南山医院的麻醉学专家。

1965年就到麻醉科做护士的张幼君，说起老教授感慨万千。科里每周有一次大扫除，要用水冲洗地板，作为泰斗级的老专家，年事已高，本无他事，可是他每次都全副武装，穿上水靴亲自干，谁也劝不走他，谁劝还和谁急。早年条件艰苦，没有空调，冬日里他每天早晨都要赶来科里，提前生好火炉，烧水控温。夏天重庆持续高温，他们只能搬来冰块降温。董教授从来没有架子，大小事情都要身体力行。她说，即便"文革"中他被作为反动学术权威赶下了台，罚他每天打扫厕所，他也无怨无悔一丝不苟，天天守在那里，扫的厕所也是干干净净清清爽爽，绝对没有尿臊味。

后来他从科主任岗位上退下来了，不让他上手术台了，他依旧闲不住，每天在手术室里挨个巡查。他可真是火眼金睛，但凡不规范的操作大老远就能看出来。有一次，一个8岁的小女孩做扁桃体手术，做的半开放麻醉，麻醉师中途发现病员缺氧，发生紫绀，全身肿胀，不知问题出在哪里。正在手足无措时，他巡查到了那里，立马前往处理。他掀开手术单，发现氧气管滑落在口腔，病员已经极度缺氧……

这样的例子还有很多。一直到他75岁正式退休，几十年中，他把科室和手术室当成了自己的家。

科室的同志们都说，他是严师，更像慈父。业务上他是绝对的严师，来不得半点虚假和懈怠；生活上、工作上他是真正的慈父，他有困难不会告诉你，你有困难他绝对会伸出援助之手。有一件事让陈萍至今仍感念难忘。有一年，董教授做了两次小手术，他的孩子不在身边，科里就安排年轻医护人员去他家轮流陪护。陈萍其时已有三个多月身孕，董教授知道后坚决不要她去陪护，说孩子比我这个老头子重要，你回去吧回去吧，态度决绝得不容辩驳。

坐在我面前的唐伟玲、宋剑云、陈玉洁、易凤琼、唐万碧、罗小庆、米智慧、张幼君，以及前文提到的李文秀、景苏、陈萍，居然没有一位是男性。我想，兴许是女人心细，女人恬静，她们才会聚集到董教授的麾下，组成了强大的娘子军，帮助他塑造了堪称完美的麻醉人生。

其实，生活中的董绍贤教授爱好广泛，充满诗意。他喜欢读书，喜欢写毛笔字，年轻时候也是一个文青。据说，当年他乘船溯江而上经过赤壁时，被浩瀚奔腾的长江所感染，曾经高声朗诵大诗人苏轼的《赤壁赋》!

他还拉得一手好京胡，会唱小半场京剧《洛神》。每每假日佳节，他也会买来火锅底料，毛肚鸭肠，与科里老中青三代来一场自制火锅宴。或者就在科里宽敞的门厅里，举办联欢会，唱民族歌，跳新疆舞，自娱自乐。兴之所至，也会拉上一两个医生护士翩翩起舞，显出当年上海小帅哥的本性，呵呵!

他的夫人景用仪，大家闺秀，谙悉英文，为了嫁给他，辍学于教会学校大一，此后跟随他远来巴蜀，为人妻为人母，相濡以沫，不弃不离，后来在重医附一院病案科工作，直至退休。

尾声

让我们再次回到本文的开头，回想董绍贤先生 2003 年 5 月离开他洒满心血的重医时，从心底迸发出来的生命的呼喊:"重医，我的重医，我要走了!"在场的送行人员或热泪盈眶，或掩面而泣。这是一位把毕生精力献给重医、献给麻醉事业的老人面对挚爱的一切发出的最后的声音。有眷恋，有无奈，更有不舍。

我的面前忽然出现董先生 1958 年秋日乘舟往巴蜀、吟苏轼诗抒怀的情景:

> 寄蜉蝣于天地，渺沧海之一粟。
> 哀吾生之须臾，羡长江之无穷。

哀吾生之须臾。生命毕竟太短暂了。

2010 年，董绍贤教授在上海逝世，享年 97 岁。至死，他的胸前还戴着科室同人临别时赠送给他的平安玉佩。两年之后，夫人景用仪随他而去。他们的女儿、钢琴家董景敏告诉我，他回到上海的第二年即患上脑出血，治疗后有好转，直至 6 年后仙逝。

2017 年 2 月写于重庆渝中听风阁

树高千尺不忘根

——重医教授甘兰丰

编者说

他历经沧桑八十载，他对事业的追求，博学多艺、淡泊名利、看事业重如山的态度，叫我终生难忘。

和甘教授在电话上聊天，格外轻松愉快，就像聊家常，就像跟一位和蔼的老爷爷谈心。他略带上海口音的普通话，尤其悦耳动听，1700公里的空间距离并没有阻隔我们的心灵沟通，说到高兴处，他发自心田的笑声仿佛近在咫尺，手机中传出的不是一位耄耋老人的暮年回首，而是一个青春少年的壮志情怀。

四代中医世家　沪上悬壶济世

甘教授大名甘兰丰，是国内赫赫有名的儿科影像医学专家，重庆医科大学附属儿童医院现代放射学科的创立者。如果罗列他的头衔，的确需要多给点篇幅。诸如临床放射学杂志编委、中华放射学杂志特约审稿员、中华医学会放射分会儿科组成员、重庆市医学会放射学分会副主任委员……在核心期刊上发表了20多篇学术论文，2010年被中华医学会放射学分会儿科学组授予终身贡献奖。有意思的是，这位名盖四方的放射科主任的同事、部下乃至学生们，居然都不太了解甘教授的身世背景，跟我说他是上海民族资本家出身，他的夫人王永龄教授也出身名门，大家闺秀，夫妻俩郎才女貌，学识超群，举手投足都有家族风范……我把他们的认知和评价转告甘教授，他在电话那头哑然失笑，乐得不行，于是便有了上文的一幕。

不过，他的家庭出身虽不如坊间传说的那么显赫阔绰，具有传奇色彩，却也并非凡俗。和他的儿子甘寅交谈时，他的一句话点醒了我：我们家是世代中医，到我祖父甘济群时，已经先在真如镇、后在上海滩行医整整四代，历时百年有余。甘氏医术在杏林中声誉鹊起，挽救百姓于危殆无数，早有口碑立于江湖，成为沪上颇有名气的中医世家，这是实实在在的事情。

中医世家之后为何不继承前人衣钵，把家族的事业传续下去？我和甘兰丰先生的交谈，就从他的身世说起。他对坊间的传闻一笑置之：什么资本家公子少爷，什么身世显赫特别有钱，都不是。我父亲甘济群就是一个坐堂中医，在当年上海有名的大全生、庆德堂等中医馆坐诊看病，传到他这里已经是第四代了。你想想，中医世家，一脉相承，传到第四代声名依然鼎盛，必然有他的绝活与诀窍。他的名字为世人熟悉，用今天的话说就是知名度高，慕名前来的病人也多，收入当然也多一些。除了医术高超，父亲人如其名，对病人一视同仁，无论贵贱贫富均以礼待之，除了该收的诊费，概不多收多拿，对于真正的贫苦人，时不时还少收不收予以救济，正合了他济世救人的大名。

甘兰丰的家庭虽不是大富大贵，在 20 世纪 30、40 年代的上海滩，却是生活还过得去的中产阶层，故而他们三兄一妹都能进入学校读书。他在战乱不断的年代多次迁徙转校，1946 年夏以优异成绩考入上海沪新中学高中部，三年后顺利考入上海第一医学院五年制医本科。从时间节点上看，1949 年上海解放后甘兰丰考入上医，1954 年顺利毕业，他应该是新中国成立后招收并培养的第一批大学生。这一点毋庸置疑。我有些奇怪，我说甘教授既然你是四代传承的中医世家，为何不把你先辈的事业传承下去发扬光大？多可惜呀！他说，一切都是天意，我读书时一心要报效祖国，对理工科尤其偏重。记得那一年沈崇被美军大兵凌辱事件发生后，我和同学们义愤填膺，对这位女大学生表示同情，也对国家强大充满期望。中医虽然是国粹家传，但那时上海最好的医学院是上医，如果能把西医的技术药剂和传统的中医中药结合，让人民的体质强健起来，该有多好！

就这样，在新中国成立最初几年，甘兰丰这个年轻的大学生，心无旁骛，苦心钻研，以优异的成绩从上医毕业，而后进入上医附属中山医院影像科（放射科）工作，担任住院医师和助教，直到 1958 年那个改变了他人生轨迹的夏天。

转行放射医学　携妻西去重庆

滔滔不绝中，我发现甘教授讲述中有一个盲点，便礼貌地打断了他的讲话："甘老，我不太明白，您不是医本科毕业的吗，怎么又去了放射科工作？"

"没错，我学的是临床医学，临毕业前，根据卫生部的安排，我们班上 48 个同学要选择 20 个人进行放射影像培训。我是主动要求去的。当时由于肺结核等传染病流行，国际上放射影像学变得越来越重要，X 光照片成为新的诊治手段，我觉得这是一门非常有发展前途的学科，对人类公共卫生安全这一重大课题会有至关重要的影响……我主动报名，毫不犹豫。尽管许多人说放射性物质对人的身体有害，我还是下定了决心，义无反顾。"甘教授对我说，实际上，他是受了当时上医著名放射影像学教授荣独山先生的影响。这位留洋归来的博士教授可谓目光远大，断定几十年内世界医学放射学科会在诊断治疗上有划时代的发展，让他追随他做一番全新的事业。就这样，恩师荣教授指引着他进入了一个全新的领域。

当年中国的放射影像学还很落后，无论设备技术还是相关理论，与世界水平相比差距都很大。在这种情况下，国家卫生部从国内医科院校抽调了 12 名本科毕业生进行集中培训，名曰放射学高级师资班，教授多是从国外归来的名师专家学者。甘兰丰是 12 位幸运儿之一。如此，经过专业医本科学习，又有了彼时放射影像学最先进的知识储备，甘兰丰如虎添翼，如鱼得水，在上医附属中山医院放射科任住院医师和助教，顺风顺水地工作了整整四年，其间对自己所钟爱的放射学科有了更深刻的认识，思想上愈加成熟，技术上更臻完满。1956 年，比他小两岁的学妹兼女友王永龄也从上医毕业。1958 年春，27 岁的甘兰丰和王永龄喜结连理，共赴百年好合。

那是一段阳光灿烂的日子。小两口其乐融融甜蜜幸福，上班他们一起去医院，下班以后一起回家，一起逛街买菜做饭，把小日子过得有滋有味有声有色。夫妻二人都是有模有样有腔有调的大医院医生，在50年代中期，即便在大上海，也是令人羡慕的中产家庭，他们的前程与未来不可限量。不过那个时代也是一个万物生长百废待兴的时代，沿海支援内地、城市支援边疆成为了潮流，于是，甘兰丰、王永龄这小两口，也在这时代大潮中改变了自己的人生方向。

1956年，国家对医疗卫生布局进行了较大规模调整，以适应不断发展变化的经济社会形势，确定由上海第一医学院支援西部城市重庆，筹建重庆医学院，以解决医疗卫生资源匮乏的问题。几经勘查选址，决定在袁家岗一大片农田中兴建重庆医学院本部，同时新建或改建一院、二院、儿科医院这三所附属医院。那个时代的知识分子，沐浴着新时代的阳光，对国家的未来充满信心与希望，"到农村去，到边疆区，到祖国最需要的地方去"成了一种志向和理想。甘兰丰和王永龄也被这股洪流卷入其中，从此和重庆这座未曾谋面的英雄城市结缘一生。

"你俩刚结婚几个月，怎么就舍得上海优裕的工作和生活环境，去当年相对荒凉僻远的重庆呢？是组织上动员的还是主动申请的？"用当今的观念去猜度那个时代的诸多事物，往往会走入逻辑的误区，我的问题并没有引来强烈的回应。

甘老呵呵一笑，说，没有啊，既没有大规模动员，也没有写血书申请，组织上说重庆需要，就安排我们来了！我们只是几百名支援重庆的上海第一医学院的医生教师里的两个，这么多人都来了，我们并不孤单。何况，重庆是抗日战争时期的战时首都，赫赫有名，也不算啥蛮荒之地。我们那时候年轻，一腔热血，听从安排，没有什么顾虑和权衡，都没想过去计较个人得失！

这就是那个时代年轻人的思想境界。就这样，这两位新婚不久满怀憧憬的青年医生，把溯江而上、西去重庆当成了他们的蜜月旅行。在那个燠热的夏日清晨，他们没有任何犹豫和挂碍，从黄浦江畔的十六铺码头登上长航公司"荆门"号客轮，开始了快乐且充满希望的人生旅程。船出吴淞口，南京，武汉，宜昌，万县，重庆，一路大好山河，一江迤逦风景，一腔青春热血，从此，这对年轻人的事业和生命，就和遥远的西南大都市重庆紧紧地联结在一起。

投身儿科医院　奠基放射学科

1956年6月1日，上海第一医学院儿科系迁往重庆，改建为重庆医学院附属儿科医院。甘兰丰、王永龄夫妇晚来两年，分别进入放射科和儿科，成为医生与助教。初来乍到，车马劳顿，衣食住行尚未完全安排就绪，他们就立刻进入了工作状态。那时的医院条件实在简陋，中山二路紧挨市少年宫的斜坡下，几间平房就是门诊部，几栋老楼就是住院部，职工宿舍竟然是抗战时期遗留下来的泥墙瓦舍，简陋至极。

甘兰丰所在的放射科开始只有几个人，条件自然也好不到哪里去，他们从上海带来的放射影像设备，便成了医生诊断治疗的最有价值的工具。为病人照射、拍片，寻找病灶病源，是当年最重要的医疗手段之一。他的同事学生们都说，甘兰丰治学严谨，工作严格，作风严肃，话语不多，却句句在理，让你不得不服。这和他中医世家的家风家训一脉相承。他们从上医带来了新的放射影像器材，奠定了儿科医院专业化现代化发展方向，但更值得大书特书的是，他们带来了全新的放射影像理论研究和诊断技术，从而使重庆的儿科诊断治疗提高到了前所未有的水平。

重庆医科大学附属儿童医院放射科现任主任何玲对此体会颇深。她说，甘教授给我最深的印象就是他的专业精神，严谨求实，孜孜不倦。27岁来科里工作，一干45载，直到73岁结束返聘回家休息，成就斐然，名播医界，成为国内儿科影像学的大师级人物。他的成就来自看似平凡普通的每日从不间断的读片分析、查阅资料、选择课题、修改论文、讲课教学，来自他细雨春风般的教诲和讲解，以及严格要求精益求精从不马虎懈怠的专业精神。甘教授用毕生的精力打好了儿童医院放射科的基础，培养了一大批专业人才，这些人才不仅仅存在于儿童医院，许多人已经走出重庆，走向全国，甚至走向了世界。

说起甘教授的治学精神，放射科原副主任徐晔深有感触："我1994年由川北医学院分配到儿科医院放射科，当时看到科里的条件有点差，不太安心，人年轻嘛，工作上有点马虎，说到底是不踏实，尤其是不想写文章，写文章太累太苦了！有一次，甘教授带我去重医给大学生上课，我仅仅晚了几步，当时教室门刚刚关上，我推门而入，甘教授正色道，你迟到了，请你出去！我就在门外站了整整一节课。下课后，他语重心长地对我说，小徐呀，你是来做老师的，为人师表，不可随意，今天也是给你一次教训啊！

"那次的教训对我震动很大，从此以后，我再也不敢懈怠随意，决心端正态度，好好跟着甘老师学技术学做人。甘老师无论去哪儿，身上总带着个小本本，随时把看到的听到的记下来，尤其是读片查房随访时见到的典型病例病况，他都会记到本子上，拿到会上讨论研究，作为教学上的鲜活案例。那几年，我把他的这些内外功夫都学到了手。特别让我感动的是，后来他力荐我去华西医科大学周翔平教授处读研究生，为我今后的进步和发展打下了基础。"

他说，甘教授再三强调，放射科医生不能只做好本职工作，还应该多去手术室，多去研究疑难病症，多随访，要多学习，尤其是业内的《中华放射学杂志》，每期都要求我通读，说那上面有很多同行的经验之谈，可以取长补短，触类旁通。我跟随甘教授多年，真的是受益匪浅，受用终身，他讲课深入浅出，幽默风趣，有时候几百个片子一起过，也不觉得累。

余世才教授，20 世纪 70 年代毕业于广州中山医学院，学的是临床医学，分配到重庆儿科医院放射科后很不乐意，再三强调他对放射影像学一窍不通，希望专业对口，即刻换岗。甘主任不急不躁，对之晓之以理动之以情，现身说法，告诉他自己就是由临床改行的。那个时代的年轻人是很积极上进的，甘兰丰苦口婆心，从放射医学的要素讲起，从最基本原理讲起，对他手把手地辅导，终于解开了余世才心里的疙瘩，最终成为放射科的优秀人才。余世才说起甘老师，满怀感激之情：甘教授影响我一生的，是鼓励我不断学习，不仅学习专业知识，学习外语，尤其要在医学实践中发现问题，找到解决办法。每每发现疑难病症，他都会在一早的看片会上详加分析，找到要点，解决疑难。他还鼓励大家相互学习，展开探讨，每次在专业杂志上读到罕见的病症，他都如获至宝般在科里公之于众，提醒大家如有发现，应当如何处置。余世才说，听甘教授讲课也是一种享受，重点突出，条理清晰，一个问题讲几分钟，把控准确，从不拖延。不仅中文好，他的外语也非常溜，中外兼修，随口即来，口若悬河，你听他的课会有今日网红的感觉，迷上了，下次肯定再来！曾经有一位张姓进修生，居然从大老远的外地跑来，登门拜师，就是要一睹甘先生风采，并亲聆教诲。

83岁的张远兰老人的故事有点传奇色彩。她早年毕业于万县卫校，一番人生奋斗，成为了某医院的护士长，家庭生活美满，是三个孩子的母亲。1975年，她调入儿童医院放射科，既当医生又做技术员。可是她对放射医学基本上是个门外汉，开始时工作很不适应，甚至有点灰心。甘主任就和她谈心，鼓励她努力学习钻研，给了她方向和信心。于是她这个年近不惑、已是三个孩子母亲的人，为了事业，鼓起勇气去报了夜大，一时间在院内外传为佳话："三个娃儿的妈上夜大！"几十年过去，她感慨万千，说如果不是甘主任的一番劝导，她可能也就放弃了努力，不会成为一名小有成就的放射科医生了！

在儿童医院科技楼那个几十平方米会议室举行的座谈会上，放射科老同志们激情的话语中洋溢着浓浓的敬意。虽然甘兰丰教授已经回到了故乡，但是我想，他此刻肯定会有心灵感应，可以通过春天的风信，感受到他的老同事老部下那份深厚的情谊。

专业精神仰止　初心不改始终

座谈会结束，总觉得意犹未尽，这位老专家事一业几十载，留下了多少救死扶伤的人间佳话？可惜时间久远，记忆缺失，甘教授又远归故乡，不能面对面交流，总感到仍缺少丰满立体的形象。我问宣传科小袁，是否还有人物可访？她说有位尤静生教授，也是当年从上海过来的，和甘教授共事几十年。我们几人即刻登门造访。

尤静生教授也是一个人物。他1957年毕业于江苏医学院，和甘兰丰教授同为儿童医院放射科的创建者。可我对他的最初了解却不是因为放射学，而是他退休前后致力于医学科普创作，写了大量的文字在市内外的报刊上发表。他做的另一件引人关注的事是骨龄研究，在20世纪80年代曾经风行一时。尤教授长甘教授两岁，今年九秩晋二，对甘教授的评价就如同大哥表扬小弟：他很不错啊，各方面都很优秀，工作能力强，业务上很精，大家都喜欢他，都听他的。他说，他对甘教授印象最深的是叫他不要老抱着英文书啃，可以把其中有用的翻译过来给大家参考，也可以多看看和业务有关的中文专业杂志，中外比较，开卷有益，把学到的东西用到医学实践中去。尤教授耳聪目明，和蔼可亲，他说，我们上班就是上班，从不摆个人的事情，只有公心没有私话，几十年就这样过来了，他是个好人，是个人才。

那个时代的专家潜心于医教和科研，心无旁骛，这是一种常态，你要尤教授细说当年的故事，的确有点勉为其难了。但是尤教授最后提到了一个人，他说小张知道，他是甘教授手把手培养起来的，他晓得的事情多。正是踏破铁鞋无觅处，半路杀出个张彧君！

立刻给张彧先生打电话。张彧非常愿意接受采访，但是他被某医院返聘，非常忙。我们约定下午 3 点电话交谈，于是便有了以下的这些记录：

——我叫张彧，今年 68 岁，原放射科技术主管。1975 年进入儿童医院，1979 年调入放射科，师从甘兰丰主任。甘主任是放射医学诊断方面的权威，也是放射技术方面的权威，知识渊博，学富五车，我能跟这样的大师学习，是三生有幸，老天眷顾。初学放射技术，常常掌握不到要领，甘教授说，不急，慢慢来。看片子时他经常点拨我，比如说这个片子要重照一下哦，换一个角度嘛，标准体位不行就换一种，不能太拘泥于程式。我的放射技术提高很快，就是甘教授一点一滴教给我的，包括投射剂量、拍摄角度，等等，那时候没有高科技设备，全凭经验，没有这样的名师，你就不会成为高徒。

——有一个七个月大的患儿，反复性肺部感染，右肺呈团状病灶，已经去过好几家医院，其中不乏著名三甲医院，都说是肺感。甘主任反复看了患儿的片子，断言肯定有先天性疾病，遂决定采用断层摄影技术，这项技术对于几个月大婴儿实在有难度，孩子不配合，几番折腾下来，大家精疲力尽，却证实了甘主任的判断——患儿是先天性动静脉瘘，如不确诊，生命难保。那时候没有CT，关键时刻得靠经验和判断，但是一般人是很难决断的，因为你得承担风险。

——甘主任博学多识，公正公平，身具典型的中国知识分子风范。他能敏锐地发现一个同志的潜质与长项，有针对性地安排专业方向，有针对性地交给其科研或教学任务。我们在他的指导下完成的论文，他从来都不署第一作者，都是在"后排就座"。我1975年从重医护校技师专业毕业，开始做中医中药，1979年主动申请调到放射科。初来乍到，一切茫然。甘教授对我可是慢慢引导，不厌其烦，我一切从零开始，拍片、暗室、维修，是他把我这个外行培养成了技术骨干。他的教导我至今铭刻在心：

技术人员也要学会诊断，不会诊断就搞不好技术。

影像图片能不能达到要求，不只是做一张图片出来，还要看你的图片能否达到诊断要求。

要让医生们易于诊断，易于决断，不可似是而非。

放射诊断必须建立在放射技术上，否则是无基之屋，无土之木。有人没有意识到这一点，总把诊断放在第一位，这是不科学的。

——甘主任对同志关心备至，有上海男人特有的细致与热心肠。天气冷了他会叫你加衣保暖，天气热了又让你防暑降温。但是工作上要求很严，就连事、病假也不能太放松。

1984年，我孩子患了中毒性菌痢，我连休了四天假，甘主任急了，科里人手少，他跟我说，明天你回来上班！我说，孩子病着呢，回不来啊！他正色道，叫小杨（我爱人）也请几天假吧，大家分担着点！我只能遵命。不仅是我，科里一位同志的母亲病了，也是催着她上班，理由很充分：让你的兄弟姐妹都分担着点，除非你是独生子女。

他对工作的热爱几乎到了狂热的地步。90年代初，科里一台日本进口的设备出了故障，日方派人前来维修保养，很顺利，问题找到了，故障也排除了，机器恢复正常。次日一早，日本工程师要乘机返回，甘主任安排我负责送行。那时候机场还在白市驿，凌晨两点的飞机，他不放心，午夜时分，电话惊醒了我：小张，赶快起床，我在车房等你！等我赶到那儿，才知道他根本没睡。他是堂堂大教授、科主任，就连送客人这样的小事都牵挂于心，真可谓从细微处见精神。

——虚怀若谷，心宽似海。甘主任虽然著作等身，也以严管善教享誉儿科放射学界，却从不以此自居。对他当年上医的老师，比如重医附一院的戚警吾教授，他一如既往，恭敬如初。每每见到老师，都会快步上前鞠躬问候，这是我随甘教授去重医授课时亲眼所见。而且，每次学术交流会，他都会把自己的文稿交给戚老师审读，谦虚之状一如几十年前，尊师重道，亦同当年。

对于后辈学生，他也从不以权威自居。20世纪90年代，一位姚姓研究生从上海分配到放射科，该生导师的诊断理念与甘教授不太一致，早晨读片会上常常争得面红耳赤，坚持己见，不让分毫。好几位同事觉得这个年轻人有点过分，不尊重前辈。甘兰丰却说，学术之争，无门派之分，只要这种争论有益于医学进步，有益于学科发展，何乐而不为呢？会上可以争论，会后仍然合作良好，他的心胸开阔由此可见一斑。

年逾花甲的副主任技师林兰荣也是放射科的老同志了，座谈会上他来去匆匆，赶着去工作。次日晚间，我们相约在电话上作了交谈。这一次他是有备而来，滔滔不绝地总结了甘兰丰先生的四大特点：

其一，注重人才培养。早年进入放射科的年轻人普遍学历不高，中专生、工农兵学员都有，而且大多没有接触过放射医学。他也不多评说，不歧视不嫌弃，组织他们天天学外语，看片子，搞培训班，这些人后来进步很快，有些读了研究生，成了很有成就的放射学科专家。比如李成荣，只有初中文化底子，后来研究生毕业，如今已经是深圳儿童医院院长。甘主任常说，我不管你是什么学历，只要肯钻研肯吃苦，一样可以成为名师大家。甘主任在重庆医学院上大课，他的课深受学生欢迎，总是座无虚席。

其二，甘教授目睹中国几十年间翻天覆地的变化，心里有杆秤，70年代就写了入党申请书，即便十年浩劫时受到批判，仍初心不改，终于在57岁时加入了中国共产党。他说，这是一个知识分子最好的归宿。心中有目标，一切皆美好，他把自己所做的一切都归于这个目标，所以心绪畅达，干劲十足。

其三，甘教授心底无私，一心扑在工作上，把自己所有的知识和技能，都毫无保留地传授给同行和青年。他参加了很多研讨会、培训班，也经常接待来访求教的人，都会耐心讲解，仔细演绎，不厌其烦，倾其所有。他会亲自做幻灯片，亲自拍片洗片，完全没把自己当成名播业界的专家大师。

其四，甘教授不仅善于诊断治疗与课堂教学，也是科学管理的行家。他把上海中山医院那一套规章制度带到了重庆，并且因地制宜，发扬光大。他十分认真，如果你工作上马虎大意，他会声严色厉，如果你做好了，他就会春风拂面。这个老先生的一切都写在脸上，对医生严，对病人好，这是科里人、院里人对其公认的评价。

必须强调的是，虽然扎根于条件艰苦、医疗设施相对落后的西部地区，甘兰丰教授也从未放弃对崇高目标的孜孜追求，从住院医师时期起，他便开始了漫长的临床科研生涯。他著述甚丰，以第一作者身份，1963年在《中华儿科杂志》发表《坏血病184例报告》，1982年在《临床放射学杂志》发表《新生儿纵隔气肿的X线诊断》，1983年在《重庆医学院学报》发表《儿童指骨小孔综合征附4例报告》，1989年在《中华医学杂志》发表《成神经细胞瘤51例X线分析》等多篇文章。经中国知网查询，这些论文均为国内先例。在时代所限的影像检查技术下，通过他精湛的诊断水平，为患儿的治疗提供帮助，同时不断提高放射科的诊断水平。由他总结的案例经验一经发表，马上成为医学同道交流学习的圭臬，从而奠定了该院放射科在全国儿科放射界的学术地位。

"桃李不言，下自成蹊"。深圳儿童医院放射科主任干芸根教授时常回忆，自己在撰写第一篇论文《儿童性腺外卵黄囊瘤（附21例报告）》（临床放射学杂志，1992.3）时，甘老师便亲自带他去图书馆查阅资料，从索引开始，帮助他整理读书笔记，就这样他被甘老师领进了科研大门。放射科主任何玲教授写作第一篇论文《儿童播散型隐球菌病一例》(中华放射学杂志,1995.6)时,也从甘老师那里拿到了很多读书笔记。这些珍贵的读书笔记仍被何玲教授保存至今。如今翻阅这些记录在废旧工作本反面的笔记,虽然纸面早已泛黄,然而刚劲有力的字迹跨过20余年的光阴,仍旧清晰可见。令人感慨不已的是,甘教授居然贴心地标注了目录,编好了页码。它们不仅记录着《中华放射学杂志》等权威杂志的儿科相关内容,还有 Caffey 编著的 Pediatric Diagnostic Imaging 这类经典英文专著等,均被甘教授翻译后,做了满满当当的笔记。

20 世纪 70 年代,重庆医科大学前校长、全国知名儿外科专家金先庆教授,希望在西部地区首次开展空气灌肠整复术,实现肠套叠患儿不用开腹手术即能康复的目标,以减轻患儿的痛苦。但是,作为一项新型诊疗技术,国内开展的病例极少,不仅缺乏操作指南,对检查中出现的并发症和风险亦认识不够。时任放射科主任的甘兰丰教授和外科医师组成工作小组,遍查国内外相关文献、设置检查参数及准备事项,利用紧张的业余时间进行严谨的动物实验,同时利用血压计的原理,自制空气灌肠测压仪(国内首创),动态检测灌肠中的气压变化,保证患儿安全。因当年的防护条件有限,医生只能部分暴露于射线直射下。最终儿童医院成功开展了空气灌肠整复术。直到 2021 年的今天,空气灌肠整复术仍是作为首选及经典的无创治疗技术,服务于因肠套叠来我院就诊的患儿,让他们免于开腹手术的痛苦。

甘教授学富五车,著述丰厚,医术超群,由此可见一斑。

何以老泪纵横　喜看花团锦簇

何玲教授,现任重庆医科大学附属儿童医院放射科主任,也是甘兰丰教授一手培养的学科接班人、带头人。让我惊奇的是,何玲也不是放射医学科班出身,她也是被甘兰丰教授慧眼看中并悉心关照,迅速成长起来的新一代放射影像学人才。如今,何玲管理下的儿童医院放射科,早已不是七八个人、三五条枪,她统领着 100 多号各类人才,其中硕博生占了大半,管理着价值数亿元的仪器设备,包括当年想都不敢想的 128 排 CT。真是天翻地覆，全面提升，全新气象。

何玲如今已是颇有名气的青年才俊、三级教授，每每谈到甘老师、甘主任，却仍是深情款款乃至泪水盈盈。她学的专业是儿科系，因为放射学非已专长，曾经感到很茫然很苦恼，找不到方向。还是甘教授用自身的经历开导了她，用敬业精神教育了她，用满腹才华熏陶了她。前辈们所经历的事情她也经历了，同事们讲述的她也目睹了实践了，让她至今心心念念的是，甘教授曾经为了她母亲罹患肺癌一事，求助新桥医院同事，帮她解困纾难，而她当时只是一个普通的住院医生。

她说，甘教授的人格魅力征服了她，他的丰富学识濡染着她，让她全身心地学习钻研，从而改变了自己也改变了人生。甘教授对她最大的帮助，是让她明白了在放射科工作不能只做看片子的医生，而要把诊断治疗结合起来，这样才能触类旁通全面发展。记得有一次，发现一个孩子有气胸，但是她没有告诉主管医生，甘主任马上叫她去病房查找此人，并转告医生。他说，如果不和主管医生沟通，很可能造成误诊错治。他还根据多年的实践经验，教大家怎样看肺结核，看肺炎支气管炎以及许多疑难杂症……他还特别强调，儿童的认知能力和表达能力有限，透视时要多一分耐心和细心。例如，有一次，一个五岁的孩子胃里发现肿瘤，甘教授多次观察分析，结果是胃柿石，是柿子吃多了长成了异物。甘教授在外语学习方面也常常给她开小灶，外出进修学习会给她一本书，让她练100个英语单词，回来会考试。某次她考了98分，甘教授很不满意，说，你都工作五年了，是个老医生了，不该如此啊，让何玲一时羞得抬不起头来。

这样的例子太多太多，上面已有罗列，不再赘述。

看似细枝末节，实则润物无声。甘教授的悉心调教，让何玲迅速成长起来，成为当今放射学界的一名优秀学者。俗话说一日为师，终身为父。何玲的确一直把甘主任当成自己的长辈看待，她不仅和他保持经常性联系，嘘寒问暖，关心备至，2013年甘主任返回上海之后，她还曾长期给他寄送医疗保健药物，直到异地医保报销问题得到圆满解决。

几十年一路走来，儿童医院放射科站在最前列的学科带头人不遑多让，自然是甘兰丰教授，和他一路同行的开拓者还有李鼎寰、尤静生教授以及技术员钱志文等。他们身后，是一群志同道合、奋力前行的中青年专家学者：

何玲，主任医师，放射科及放射教研室主任。1990 年毕业于重庆医科大学儿科系，从事儿科影像诊断的临床、教学和科研工作近 30 年；

蔡金华，教授，放射科及放射教研室副主任。1999 年毕业于第三军医大学影像系，从事影像诊断的临床、教学和科研工作 20 年；

还有李川宝、余世才、王衷众、余国容、徐晔等一批前赴后继的新老专家、博士硕士（注：此名单根据旧有资料排列），原谅笔者因为篇幅容量，不能把他们的全部成就业绩一一列举。必须说明的是，除了儿童医院的正常工作，这个专家团队还担负着重庆医科大学相关专业的教学任务，以他们的学识催开漫山遍野桃李芬芳。

在甘兰丰教授八十寿辰生日宴上，何玲发表了这样一番动情的讲话——

今天，2011 年 10 月 29 日。我们欢聚在这里，为甘兰丰教授共同庆祝八十华诞。我感到无比的高兴和快乐。首先，我谨代表放射科的全体同志，祝愿甘兰丰教授福如东海、寿比南山、身体健康、福乐绵绵！

53 年前，甘兰丰教授带着美好的愿望和理想，和新婚妻子一起从繁华的大城市上海来到重庆，支援重庆医学院建院工作，他们一待就是 50 多年，把所有的精力、青春和热血都贡献给了重医的建设。

为了重庆儿童的健康，他不怕射线，组建儿童医院放射科。从最简陋的机器开始，逐渐将其发展成在国内比较先进的科室。他在儿童医院放射科一干就是 45 年。历任中华医学会放射学分会儿科学组成员，四川省放射学会会员，重庆市放射学会委员、副主任委员，担任中华放射学、临床放射学等知名杂志的编委，为儿科放射影像事业的发展做出了卓越的贡献，在 2010 年被中华医学会放射学分会儿科学组授予终身贡献奖。

尊敬的甘兰丰老师，您刻苦钻研业务，严肃认真的科学态度，孜孜不倦的工作精神，严谨求实的治学态度，是我们学习的榜样。我们清楚地记得您每天如何带我们读片、分析比例，如何查阅资料、选择课题，一遍遍地修改论文，一次次地指导讲课教学，一次次地细心巩固我们的专业思想，您以自己丰富的知识、高超的技术，赢得了同事和全国儿科影像学界的尊重。在儿科影像学界，您的名字无人不晓，因此，我们常常以是您的学生而骄傲。

今天，放射科已发展成为50多人的大家庭，拥有世界先进的设备，开展了多种新技术、新方法，在临床、教学、科研方面都取得了好的成绩，这与您以前的教诲是分不开的。

"夕阳无限好，黄花晚节香。"在人生的征程上，您历经沧桑八十载，您对事业的追求，您的博学多艺、淡泊名利、看事业重如山的态度，叫我终生难忘。可以毫不犹豫地说，重庆医科大学儿童医院放射科之所以有今天的成就和辉煌，与甘兰丰教授的突出贡献是分不开的。我想借此机会，向您表达深深的敬意和由衷的感谢……

2013年春夏时节，耄耋之年的甘兰丰教授告老还乡，去投靠他在上海的小儿子甘寅。何玲告诉我，甘教授其实不想走，他整理家中的资料物件，足足拖延了三个月。三个月中，甘教授睹物伤情，每每流泪不止。那都是陪伴了他一生的期刊、论文、案例、幻灯片和演讲稿，中间消磨了他多少青春时光和血汗精力，他舍不得啊！可是又不可能都带走，那就断舍离吧！该卖的卖了，该烧的烧了，如今的时代飞一样发展，那些老古董早没用了！他左挑右选，选了一些重要的资料交给爱徒何玲，希望能给她的工作一些帮助，更多的是要留给她一些念想。

我翻看了这些发黄的资料，多是老人家的手记、病例、信件、中英文手稿，以及当年分析病患必不可少的幻灯片，等等。尽管如今的诊疗手段已经进入了高科技网络时代，这些老古董老做法也已经被电脑互联网替代，甚至手机也可以接入终端，但是那些反复发生的伤害人类、伤害儿童的疾病是不会改变的，这是甘老的思维定式，是他对奉献一生的事业最后的回馈。让我最惊讶的，是那一页页流畅华丽的英文手稿，简直是一幅幅美丽的书法，让人叹为观止。这是真正有学养的高素质专家独具的才华！

我翻着看着，鼻子一阵阵发酸，这些资料和物品是他一生的心血和付出，应该进入史料博物馆，它们记录着那个时代，记录着老一辈医学专家的初心与奉献。我坚信，何玲教授一定会把它们珍藏着，直到找到它们最好的归宿。

为了获得甘老更多更有价值的信息，我在电话里和他聊天。开始我们聊他的老伴王永龄，我说，她是大家闺秀，是您老的掌上明珠怀中美玉，您对她言听计从，甚至出差都要把菜烧好放在冰箱里，让她慢慢享用，上海男人真是模范丈夫啊！他笑道，自己的老婆当然就该好好对待。我说，如今儿童医院家大业大，前程锦绣，听说您老人家舍不得重庆舍不得儿童医院，临走前还伤心流泪了三个月呢，您老不该走啊！他笑怼道，谁说的，没有那么夸张吧？伤感肯定是有的，好几十年的生活工作，那么多熟悉的同事和病人，那么好的医院，当年瓦屋泥舍设施简陋，如今高楼拔地花团锦簇，我真的舍不得走啊，可是又不得不走，人老了，这是自然规律，这是每个人的必由之路……

我觉得有泪流上脸颊，不敢再听下去，匆匆道过再见，挂了电话。倏然间想起了一句诗：风过花开，天宇万方，你已圆满。只能默默祝福远在故乡的老人，在这个繁花盛开的季节，一切安好，百岁无忧。

成文于 2020 年 5 月

永远的心碑

——重医教授臧萃文

编者说

每个人都会走完自己的一生，尽管时间、方式各异。

本文完成后,惊悉臧萃文教授因病已于2020年辞世,不胜唏嘘,深表哀悼。

采写臧萃文先生的最大难点，是已经不能和她面对面交流，甚至电话交谈。她卧病多年，放下了曾经的一切，对往事已经淡然，以九秩高龄，仍坚持着生命的航程。不敢打扰她，不能惊扰她，只有通过档案上的文字和侧面的采访，了解她平凡而亮丽的一生。

非从海上来，她是成都妹子

与60多年前重庆医学院建院时数百名由沪来渝的医护人员相比，臧萃文教授是个例外，既非来自上海第一医学院，也非上海籍，而是地地道道生于成都长在成都的本地精英。不过，虽然臧氏数代在成都繁衍生息，其实也不是地道的四川人。兴许你会以为她的先辈是"湖广填四川"大军中的一员，非也。档案显示，臧家一族系浙江省吴兴县（今湖州市）人氏，"湖广填四川"的十多个省份里却鲜有浙江人的记载。想来也是，民谚说"上有天堂，下有苏杭"，苏杭是人间天堂，浙江人不可能拖家带口千里迢迢吃尽人间苦楚，跑到一度"万户萧疏鬼唱歌"的大四川来开山拓荒、土里刨食。那么他们是如何来到成都的呢？终于，我在那些斑驳泛黄的档案中，发现了蛛丝马迹：臧萃文的祖父原本是清朝命官，一纸调令，不得不从，举家由浙入蜀。那一年，她的祖父母带着子女四人，千里迢迢，走了好几个月，方才来到彼时已经富得流油的川西坝子，从此成了成都人。

她的祖父据说做了很大的官，后人却不知其官衔职务。档案中语焉不详，但从文字间可见其官阶的确不低，因为他的俸禄不仅可以养活全家老小，还在乡下购置了大量田产，吃租收息，仓廪丰实，日子过得充盈富足，即所谓官宦地主之家是也。她的祖父尝到了有文化好做官的甜头，也非常重视子女教育，几个孩子统统上了学校，而且思想开放，中西学兼容。

臧萃文的父亲臧子薮，在四兄弟中排行老三。及至他上学的年头，清朝已亡，新学兴起，他读的是成都农业学校，专攻农作物栽培，可能是老爷子考虑到家里有好几百亩水田，掌握了现代农耕技术可以大有作为。她祖父后因牙病突然去世，大家庭缺乏整合力，难以为继，祖母断然决定将财产分给四个儿子，让他们去独立打拼，自谋生活。臧萃文父亲臧子薮分得上好水田200多亩，忽然间成了富甲一方的大地主。当时臧子薮早已从成都农校毕业，娶妻生子，还在四川省教育厅做公务员。具有新思想的他实在对做地主老爷不感兴趣，于是在1934年自作主张，卖掉了川西平原上200多亩旱涝保收的肥田沃土，和一个浙江同乡合股，在老成都城中开起了"浙江凤祥银楼"，也就是今时的银楼商号吧。此后一家八口，钱财不愁，锦衣玉食，无虑无忧，在天府之国过得轻松幸福愉快，乐不思吴。再后来虽然生意受挫，但瘦死的骆驼比马大，臧家基本生活不成问题，子女都进了学校。直到抗战时期，国家危殆，生意难做，子女长大，左支右绌，臧子薮这才真正体会到生活的不易。

兴禅寺58号，是臧子薮一家在成都的宅邸。臧萃文就在这样的环境里出生长大，除三兄一弟外，她是唯一的女儿，自然会得到父母更多的宠爱。诗书礼乐，琴棋书画，中国的传统文化和西方的科学艺术，从幼年便浸润着她的思想，她在一种东西方混合的文化环境中耳濡目染，慢慢成长。渐渐地，这个省城里的大家闺秀，出落成一个有教养有主见的新时代美丽女性。

臧萃文1940至1946年在成都县立女子中学完成学业，赓即考入华西大学农专科。因对农业了无兴趣，次年转入护士系，1948年再转入营养保育系（家政系），1951年毕业后分配至西南卫生部工作。她在华西大学辗转几个系科，整整五年修炼，人变得成熟起来。尔后又在重庆做过卫生科科员，参加西南军政委员会土改工作团，去贵州榕江县搞过土改，做过托儿所保育员、营养师和托儿所所长。1962年，臧萃文终于修成正果，从重医附一院营养师职位上调入重医儿童医院，担任托儿所所长兼营养室副主任。

臧萃文所修的营养保育系又称家政系，后来曾被一些人批判为资本主义的腐朽产物，称把妇女锁在家里料理家务做好贤内助，是对女性的桎梏和残害。当然，我们知道这是一种狭隘的认识。其实，家政系所含内容极其丰富，诸如食品营养，幼儿喂养，食物烹调，孕期早教，财务管理，衣物缝制，花卉种植，等等，都是它的学习范畴，真的是一门生命与生活的学科。尤其在经济社会高速发展、人民生活水平迅速提高的今天，它所涵盖的范围越来越广，越来越受到更多群体的关注和重视。在1962年的儿童医院，就有了营养师和营养室，的确是一种先见之明，也有了臧萃文的用武之地。华西大学五年苦读，所学用之于儿童医院，如同给了她一对飞翔的翅膀。

专攻幼儿营养，从此一路春风

档案中，一个细节引起了我的注意。在华西大学就读时，正值解放战争时期，臧萃文家道已经中落，父亲的银楼经营不善倒闭，她的家境也一日不如一日。两个原就职于银行的哥哥失业后，只能借债摆摊，以卖汤圆为生，她的学费自然也成了问题。为了继续学业，她受洗成为基督教徒，同时得到了一笔丰厚的奖学金。1949年底成都解放，通过学习，她"对帝国主义文化侵略有了深刻认识"，毅然决然放弃了教会的奖学金，转而通过课外辅导外籍同学学习汉语，赚取学费和生活费，终于在1951年夏天顺利毕业，参加革命工作。这一年，她23岁。

让我惊讶的是，又过了五年，这个出身资本家，初中经老师劝诱集体加入过三青团，大学期间受洗成为基督教徒的青年知识分子，居然幡然醒悟，灵魂深处自我革命，摒弃有神论信奉无神论，成为了一名中国共产党员，要为共产主义理想奋斗一生。在那个追求纯粹的时代，这中间又经历了多少痛苦激烈的思想斗争，又有过怎样的淬炼与磨砺？只可惜我和臧教授已经没有可能交谈，那些饱含着时代气息的青春记忆和华彩故事，只能深藏于她的心底了！

在一个小型座谈会上，臧翠文的学生和继任者们难掩激动，竞相回忆几十年前和老主任的第一次见面，回忆她多年的教诲与指导。贺永莉，臧萃文之后继任营养科副主任；龚丽子，贺永莉之后的营养科主任；程嘉瑜，营养师；还有臧萃文的女儿俞伟稼。这四个姐妹看来非常熟稔，一见面就有说不完的知心话。她们在座谈会上的表述虽然不太系统，跳跃性很大，但是却充满了对臧先生的崇敬与感激，感谢这位美丽善良学识丰富的女性把她们带上了儿童营养学的科学之路，让她们相继成为这个关系到国家民族未来的学科的栋梁之材。

继任营养科副主任的贺永莉，对老主任尤其充满敬意。在臧主任悉心指导下，她很快熟悉了工作流程，有序开展营养科的管理工作。特别是在营养科陆续分配进三名临床营养专业人员后，臧主任经常带领她们分析个案，制定食物营养配方，甚至亲自烹饪调制。不同系统的疾病有不同的营养方案，比如有一种叫格林巴氏综合征的呼吸系统疾病，患儿往往吞咽困难，她们就要配制加强肠内营养的食物，促进胃肠蠕动，让患儿自主消化吸收。科营养食堂制作了匀浆一号、二号、三号系列配方，以帮助患有电解质紊乱以及肠梗肠粘乃至肠坏死的病儿逐步恢复，直至康愈。

臧萃文深知，自己一个人不可能支撑起整个儿童医院营养科工作，故而非常重视后续人才培养。每周的星期四，是科里固定的学习时间，她在院图书馆专门找了一个房间，雷打不动，人人参加，不仅学习国内外最新儿童营养方面的论文或技术性新闻，也对近期工作中的疑问和难点进行释疑解惑。她翻译了大量国外资料，供同事们参考使用，还鼓励科里同志学习英语，以便直接学习掌握国外最新的专业知识。她利用科内一位同志的函授大学学习资料，组织科内营养师及时学习和考试，提高营养师们的业务水平。为了帮助这些半路出家的青年人提高专业素质，除了每周集中学习，臧萃文还让她们参加各种学习班补习班，比如市卫生局主办的营养师培训班，和市内几大医院的相关人员一起切磋研讨，提高业务能力，臧萃文每次都是主讲人之一。当时的三军医大也主办了医学营养学习班，儿童医院营养师悉数参加了这些培训学习，这对进入新时代的现代医疗营养科学，无疑是一个重要的促进和推动。

以往儿童医院营养科历届主任都是行政职务，不管临床不问专业。从臧萃文开始，她是行政、临床、专业一肩挑。而且，她鼓励营养师要和临床医生多接触多沟通。她说，不了解病情怎么制定营养方案？懂医术的营养师才是真正意义上的营养师。

龚丽子，1988年分配到儿童医院营养科，刚从学校毕业，书本知识装了一脑袋，实践很少，全靠臧老师手把手地传帮带。臧老师辅导她那真是不厌其烦，经常和她一起，对每一个患儿的生化指标进行分析研究，然后有针对性地配奶喂食。每天事多量大且杂，烦琐至极，可是臧老师总是和颜悦色，把每个孩子都当成自己的孩子，把孩子的亲人当成自己的亲人。耳濡目染之下，她迅速适应了本职工作，不断提高，成了科里的技术骨干。她后来接替贺永莉，整整做了22年的营养科主任。臧萃文还带领营养师们为创"三甲"医院呕心沥血，制定和修改科室规章制度，建立营养师日常工作记录，加班加点准备迎检资料，在"三甲"评审时获评审团一致好评，成为川渝两地的标杆科室。

具有正教授职称的臧萃文，退休后一直返聘到70周岁，方才离开工作岗位。她不仅在业务上对贺、龚两位继任者开展传帮带，还带她们积极参与社科联下属的市营养学会的各项社会活动，结识社会人士，参加多种公益活动。尤其值得称许的是，她敏锐而主动地把视线从医院科室延伸到校园和社会，带大家去景德幼儿园、巴蜀小学、人和街小学等处进行有针对性的营养普及教育，让老师同学了解最基本的营养知识：吃什么好喝什么好，什么时候进食，为什么要科学进食，以最通俗的语言对孩子们进行最深刻的辅导。每次臧奶奶去学校，都是孩子们快乐的节日。后来臧教授还应邀和重庆市妇联合作，参与妇女儿童活动中心和儿童培养咨询中心的技术指导，以及月嫂培训中心的相关业务教学事宜。她的所作所为，为全社会关注提高儿童少年的体质水平做出了杰出贡献。

臧萃文经常挂在嘴边的一句话是：做事先做人。她正直，虚心，不耍心眼，平等待人，从来不以大专家自居，是一个透明无私的大写的人。她经常告诫大家，对娃娃的食品要格外小心啊，娃娃不会说话，很难表述自身病情，诊断治疗比大人更要仔细费心，切不可马马虎虎大而化之。娃娃的事牵扯到父母两姓几代人，尤其是独生子女家庭，牵一发而动全身。如此循循诱导苦口婆心，实乃营养学界的有心人，患者家庭的知心人。20世纪90年代，国家经济发展加快，食品安全也更受关注，她特别注重患童的蛋白质摄入量，发明配置了多款营养奶和蛋白奶，以及各类婴幼儿添加辅食，在社会上产生了非常好的反响。

医疗营养学的现代化不仅可以挽救病患，也对儿童科学成长提出了新的发展方向。营养科的同事们始终谨记臧教授的教导，用心去爱孩子们，爱自己的事业。贺永莉举例说，市内某大学一位教师生了一对双胞胎早产儿，一个三斤六两，一个二斤四两，加起来还不到一个健康婴儿的正常重量。母亲奶水不足，孩子危在旦夕。她们立即用科里精心配制的早产奶粉喂养宝宝，此后一切顺利，两个孩子很快长到了5斤重，脱离了危险期。此后多年，她们一直追踪这对双胞胎的成长过程，不时和他们的父母联系交流。如今双胞胎已经长大成人，她们仍然关注着追踪着两个孩子的状况。这样的例子太多太多。营养师们已经很难记得患儿中的那些个案。她们说，千奇百怪的病例，千千万万的病童，治好了，痊愈了，是万幸的事，送走一个又会有下一个，她们没有时间流连，没有时间回顾，这是她们的责任，也是她们的使命。

臧萃文的部下和弟子们众口一词地说着老主任的好，说她学识丰富广博，为人谦虚谨慎，诲人不倦；说她凡事亲力亲为，就连厨房的杂事也亲自上阵，从不高高在上指手画脚；说她去重医给学生上课从来不要车，都是自己乘坐公共交通工具；说她每每她登台讲学，中英文滔滔不绝脱口而出，既妙语连珠又联系实际，举一反三且生动活泼，教室里经常是欢声笑语不断……

座谈会上，大家七嘴八舌，争着抢着表达对这位老主任的怀念和赞美。真诚朴实的话，让我这个从未与她谋面的人也感动莫名。俗话说大恩不言谢，救人一命胜造七级浮屠。可又有多少被她们施救过的孩子，还记得她们的奉献与努力？看着她们渐渐老去的脸庞，看着她们头上稀疏的白发，想着抱病卧床多年的臧萃文教授，我的心底似有江潮涌动。时下，营养科已改为临床营养科，更强调与临床的联系和营养治疗的重要性，新的临床营养科又来了一位从华西医科大学预防医学专业毕业的硕士生，担任了科室负责人，科室员工扩大到近 30 人，可谓旧貌新颜兵强马壮。如今的营养科团队早已年轻化，且近半数人拥有硕士学位，一张张青春的面孔充满了活力与激情，这正是臧教授当年的追求与希望啊！

学术贡献非凡，论文著述丰富

臧萃文是国内知名的高级资深营养师，个人简介中特别以括号注明相当于正教授，她是中国营养学会会员、四川省营养学会理事、重庆市学生营养促进会会员。中国营养学会应该是这一学科的最高专业组织，但凡冠以"中国"二字，都具有权威性。第三个头衔虽然是市一级组织，却给了我们一个信息：臧萃文并不止于专修儿科营养，她已经把大中小学生的营养健康纳入研究范畴，目标更深远更宽阔。

在臧萃文众多儿童营养研究成果中，最受推崇的是下列两个：一个贡献是，1982 年臧萃文和郑惠连教授一起研制的"婴幼儿营养代乳粉"，获重庆市科技成果奖。此成果在儿童医院住院患儿中推广应用，获得良好效果，并受到广泛好评。在 20 世纪 80 年代初，人们营养状况普遍较差的情况下，此代乳粉配方合理，蛋白质含量丰富，营养均衡，易于吸收，极大改善了患儿的身体状况，受到了患者家属的普遍好评。

另一个贡献是，1989 年臧萃文主持研制了儿童营养专家咨询系统软件，郑教授积极参与和协助，成功后广泛应用于儿科医院诊治康复工作中，获得四川省优秀软件奖。

实际上，臧萃文在科研方面还有大量成就可以着墨——

1983 年，臧萃文继续研究脱乳糖蛋白奶。由于婴儿腹泻的病因是多方面的，严重者可引起脱水及体内电解质紊乱，所以腹泻时应限制摄入在肠内能引起强烈发酵的食物。乳类中的乳糖是碳水化合物中发酵效果最强的，而乳类又是婴儿不可缺少的主食，但在早产儿、严重营养不良及迁延性腹泻等病儿那里，又可能引起其体内乳糖酶缺乏或酶活性降低。所以她们探讨从牛奶中分离乳清和酪蛋白的方法，确定用 1：8 的稀盐酸效果最好，并选择琼脂为混悬剂，提高了脱乳糖蛋白奶的质量。在治疗婴儿腹泻时，收到了既能纠正糖代谢紊乱，又能供给婴儿必需蛋白质的良好效果。

1989 年，臧萃文在四川生理科学杂志发表《系列匀浆膳在儿科临床应用的观察》，采用系列匀浆膳作为营养支持疗法，促进了营养不良病儿（如格林巴氏综合征、重度营养不良、外科昏迷或吞咽困难）对营养素的良好消化和吸收，保证了机体合成抗体及免疫系统组织所需要的蛋白质，有利于病儿的治疗及康复，收到了较好的效果。系列匀浆膳在儿科临床使用方便、灵活，由于其食物结构较合理、营养较全面，对长期鼻饲病儿能维持正常的消化功能，拔管后食欲恢复也较快，不易出现消化功能紊乱。采用匀浆膳可减少临床其他的营养支持及病儿的痛苦，并可节约医疗费用。

她多次参加全国和省的营养学术会议并宣读论文。如《脱乳糖蛋白奶治疗婴儿腹泻的疗效观察》（第一作者，在昆明全国临床营养学术会议上宣读），《代乳粉中不同蛋白质来源与婴儿生长的比较》（在武汉全国营养学会第四次学术会议上宣读），《蛋白质与幼儿生长的关系》（在郑州中国儿童食品专业学会第一届学术年会上宣读，并刊发于《中州食品科技》杂志），等等。

她还参与编写了大量儿保教研室教材，如 1985 年电视教材《婴儿喂养》中人工喂养部分。1986 年编写儿保医师学习班教材 24000 字，同年编写《喂娃娃的学问》一书 20000 余字，由重庆出版社出版发行。

1983 年 3 月，她被评为重庆市科协系统先进个人，同年 12 月被评为四川省科协系统先进个人。她的论文多次获得省市及医院奖项，同行们经常戏称她是"获奖专业户"。就这样，臧萃文凭借专业技术与精神，用辛勤和汗水为儿科临床营养学做出了非凡贡献，也在这个不太为人所知的领域里成长、成熟，展翅飞翔。1980 年，她参加了重庆市生理科学会，担任理事和营养专业委员会主任委员。1986 年，她担任四川省生理科学会理事。1988 年，她担任常务理事。1989 年，她加入中国学生营养促进会重庆分会，担任常务理事。

臧萃文赶上了改革开放的好时代。20 世纪 80 年代，作为享誉国内外的著名营养学专家，她先后参加了天津国际营养学术会议、北京第二届国际妇幼营养研讨会、成都第四届国际妇幼营养专题研讨会，并作大会发言，为国家和重庆儿童医院争得了众多荣誉。对于她的学术成果，当年的第三军医大学（今陆军医大）教授刘祚用、杨家驹和市卫生学会秘书长胡友梅等，都给予了较高评价，认为她的研究成果"对改善儿童营养状况有较大影响，达到了国际先进水平"。我想，作为业界权威的几位资深医学教授对她如此评价，应该是非常客观公正的，臧萃文当之无愧。

尾声

臧萃文教授这位驰名杏林誉满学界的高级知识分子，无论岁月消磨，无论世事演变，多少年以后都将是后人效法的榜样。她把芳华留给人间，她是我们这个时代塑就的业界翘楚、医学精英。和我采访接触过的诸多专家学者一样，他们都把事业当成了生命中的一切。倾情于专业，埋头于工作，不太顾家，甚至对自己的孩子也疏于照管。他们顾的是大家，不是小家，他们把医院当成了家，把病人当成了亲人。

那一天，坐在会议室的俞伟稼不怎么说话，却让我印象深刻。她当年不在儿童医院工作，对母亲科里的情况插不上嘴，只是静静地倾听着母亲的趣闻逸事，脸上不时露出淡淡的微笑。我请她谈谈生活中作为母亲的臧萃文，她几乎举不出生动的例子。这让我想起了李白的诗句：不识庐山真面目，只缘身在此山中。几经启发，她最后才说：妈妈还是很关心我和弟弟的，我17岁支边，在云南河口农场当工人，妈妈不顾路途遥远，一次次专程去看我，给我买书买衣服买好吃的，她真的好担心我。弟弟大学毕业后分到广西工作，她也专门去看过他，后来又想方设法把他调回了重庆。妈妈真的很爱我们。好朴实的语言，没有刻骨铭心的细节，没有豪言壮语。在俞伟稼心里，母亲就是母亲，她所有的爱，都体现在点点滴滴日常生活之中。在她眼里，母亲的忙碌也是一种爱，一种大爱，作为子女，她完全能够理解，不希望给她增添烦恼和负担。

如今，营养科的同事们隔三岔五还是会聚聚，一起去看看她们的老主任，看看她们的恩师和长辈，回忆那些虽艰苦也快乐的岁月。回溯走过的漫长岁月，她们不禁心潮难平，感慨万端。

每个人都会走完自己的一生，尽管时间、方式各异。像臧萃文先生这样，一生为了儿童少年，为了下一代的健康成长，鞠躬尽瘁尽其所能了无遗憾者，尤其值得这个世界铭记。臧萃文先生，世界和人类会把您铭记，孩子们家长们会把您铭记，永远把您铭刻于心碑。

成文于 2020 年 6 月

"扬子江"交响

易新南说

我的话引起一片笑声，紧张的弦一下子松了许多。也有人担心，谁听你那一套，现在的人只认钱！我说不然，讲讲过去的老传统，对他们肯定有启发。

本文原载于《红岩》杂志，曾获重庆市首届报告文学征文一等奖。

对于绝大多数重庆人来说，"扬子江"是一个谜、一个梦。自 80 年代末它从南坪那块古老而又荒芜的山坳上拔地而起的时候，它便充满了幻想、传奇和争论。如今，这座由重庆海外旅游公司与香港渝丰国际有限公司投资 2600 万美元建成的玉色大厦，已成为全世界最大的饭店联号——假日饭店联号的一员，以其美丽的身姿出现在中国西南的最大都市，矗立于与其同袭芳名的扬子江南岸。

短短一年多里，重庆扬子江假日饭店以其独有的风采，迎来了成百上千世界各地、祖国各处的黑皮肤、黄皮肤、白皮肤的客人。它的先进设施，它的堂皇富丽，它的现代化管理，它的珍馐美馔，它的彬彬有礼乃至先生的潇洒和小姐的美丽，通过现代的新闻媒介和不同的语言广而告之于社会。

然而，引发笔者兴趣的却不是那些大量的报道。那一日，笔者与一位作家朋友同去"扬子江"，他不对"扬子江"的金碧辉煌与宏大壮阔做一点起码的赞扬，以感谢主人那一番仍然带有浓烈中国味的盛情，却忽然顾左右而言他，说什么扬子江饭店脚下的土地原是他的祖辈的，那一弯弯水田、一座座坟茔都烙满了祖辈的印记，而他就出生在扬子江大厦前那方峭岩下的一个小小的农院里。

我百思不得其解，他为什么要在那样的场合说那样一番说不上得体也说不上不得体的话？于是我的脑海里反复出现峻拔的大厦与古老的水田，

第二部分 繁花

出现一种反差，似乎明白了那位生于斯长于斯的作家话里的深层含义，那就是："扬子江"的存在早已超越了它本身，它是一种象征，一种升华，意味着这块土地上正在经历的巨大变革，意味着这块古老神奇的土地走向了世界，世界也正兴高采烈地向它走来！

这就是"扬子江"，恢宏的改革开放套曲中的一段雄浑的交响。

赫万恩：一个瑞士人在东方的传奇

写"扬子江"，不能不写它的总经理。

写总经理，就得写瑞士人赫万恩·哈得曼。

赫万恩是现任总经理，他上任不过一年多一点。

用中国人今天的观点来看，这位国际酒店的"大老板"，实在是太年轻了！年方38岁，未及不惑之年，还是那种似成熟却不成熟的年龄。然而赫万恩的资格却很老，15岁的年纪，中学尚未毕业，便跟随在马来西亚当大厨的父亲后面踏进了酒店大门，开始了兴许会让他终老此生的旅店业生涯。

难怪"扬子江"的男男女女都戏称他为"哈大叔"。我想，绝不仅仅是因为他生就一副敦实憨厚的"大熊猫"模样，其中也包含着员工们对其丰富而宝贵的酒店经验的信赖与敬佩。

"哈大叔"实实在在地当之无愧。

20多年酒店生涯，使他谙熟酒店业的一切，从洗碗上菜到怎么走路怎么微笑怎么摆餐具，他都是行家里手。他可以勾兑出300多种含酒精和不含酒精的五彩缤纷的鸡尾酒，他可以亲自上厨做出七色斑斓的各式中西菜点……

赫万恩曾对我说："您不是作家吗？我就是一本小说，一本极富浪漫传奇色彩的小说，如果写出来，肯定是一本畅销书。"

尽管赫万恩极富幽默感，能用最通俗的语言拨响你神经上的欢乐之弦，但我深信他此时说的绝不是戏言。

我最近见到赫万恩，是在扬子江饭店左侧"巴"味十足的小吃厅里。其时，他春风得意，白皙的脸膛上飞扬起小孩子般的潮红，一边请我吃中西合璧式的重庆火锅——川式菜肴、西式服务——一边大谈去我国台湾地区和日本的观感。五月底，他与中国大陆的几位假日饭店总经理一起，去我国台湾地区及日本进行了一次大开眼界的集体销售拜访活动。

"台湾同为中国领土，其旅游业却令日本同行也望尘莫及。比如为民众服务的卡拉 OK，已发展到令人难以置信的电脑系统控制的高水平。"赫万恩因其十多年的东方经历而受到亚洲文化的熏陶与濡染，喜欢把各地方放在一起进行分析比较，从而常常生发出一些寻常人难以生发的念头。

"大陆搞那种卡拉 OK 是不现实的，我们应多搞自己的东西。"我说。

"那当然。"陪坐的总经理秘书蔡小姐接过话茬，"比如这'巴人小吃'的内部装潢，便是哈得曼先生根据四川的特点设计的。"

"果真？"我惊讶了。举目环顾，四壁挂缀着琴瑟鼓笛等各类中国民族乐器，组成简约而富含韵味的几何图案，几盆绿树、几个鸟笼增添了许多田园野趣。红男绿女娉娉婷婷，款行于厅堂之间，四位从市杂技艺术团专门请来的窈窕乐女演奏着曼妙的民乐……好一派画意诗情，山野闲趣！

我为之折服。赫万恩，你这个吃透东方文化的西方机灵鬼，亏你想得出来！

这并非第一次。那一年在马来西亚，他就曾让一位当地的苏丹折服过。

那是 1987 年 1 月，赫万恩先生正在马来西亚马卡拉的花园酒店做行政助理经理，主管客房部和餐饮部。一天，该州的苏丹来到酒店，在店里待了很久，品尝了由赫万恩亲自督厨做出来的菜肴糕点。苏丹是一州之王，且轮流担任马来西亚国家元首，地位显赫至极。

突然，这位苏丹召赫万恩前去。赫万恩一时心中如十五个吊桶打水——七上八下，忐忑不安。苏丹脾气不好，吃得不顺心是要打人的。他想，兴许是他不喜欢我们的菜？这位王会不会给我几耳光？哪知苏丹对他大加赞赏，夸他的菜美味可口，并立即将自己管辖的马来西亚伞兵部队的徽章送给他，通常这种徽章是只赠给本国的高级官员的。从此，这位苏丹与他成了好朋友，经常带一些高级官员光临酒店，花园酒店因此声誉日隆。

用中国人的标准，赫万恩算得上一位自学成才的"老外"。他没上过大学，甚至没上过高中，但他谙熟除了酒店管理之外的许多技能，诸如工程设计、房屋装修、美术工艺，等等。大堂咖啡厅壁上悬挂的许多艺术照片，就是他自己拍摄的，乡村小屋、街头食店、民风民俗，每一幅都有一个构思独特的主题，体现了他对中国文化的独到见解。

他的独到之处还体现在他的性格上。我指着墙上的照片对他说："哈大叔，你的照片拍得不错。"他竟像一个小学生那样脸红起来，说话也变得嗫嚅了。

然而"哈大叔"也有发怒的时候。据说年轻时，他曾对瞧不起他所服务的酒店的客人大光其火，深更半夜要带人家去另寻他处。人的性格是很难改变的，难怪他那间办公室洁白的墙上赫然挂着中国书法家狂劲的草书——忍。俗话说"忍一时风平浪静，退一步海阔天空"，"哈大叔"大概是想从中找出规范自己言行的中国紧箍咒吧。忍，不仅仅是对自己，也是对部下的要求。

兴许正是"忍"字的功夫吧，去年秋天的一个晚上，"哈大叔"在"巴人小吃"里陪客人吃火锅。正当觥筹交错、民乐袅袅之时，大家酒酣耳热、自在逍遥之际，突然，"哈大叔"停下了筷子，眼睛直勾勾盯着身边的红衣侍者，瞳仁里寒光一闪。不好，"哈大叔"发怒了，了解情况的人立刻停止了咀嚼，席间的空气仿佛凝固了。"哈大叔"怎么了？陪食者只能用目光相互交流。

赫万恩也不说话，突然走到也在席上用餐的高双喜身边，抖开餐巾，摆开盘碟箸勺，为高双喜当起了侍者。

高双喜是餐饮部副经理，这位来自西安的漂亮小伙子此时才明白，是服务员不合规程的服务惹怒了总经理。他大气不敢出一口，端坐桌前，听任"哈大叔"一本正经地摆布。

哈大叔不苟言笑，娴熟地上菜、撤盘，上前退后，回旋于高双喜左右，肥胖的身躯此时是那般轻巧敏捷、灵活自如，犹如一只飞燕，美得像一首歌曲。

旁边的人纷纷围上来，看着这幕不可多得的表演，啧啧声四起，继而变成了掌声，变成了欢笑，"巴人小吃"厅里洋溢着欢乐之潮。

这就是"哈大叔"的言传身教。在整个过程中，哈大叔悭吝得连一句话也没有说。

赫万恩有超人的记忆力。全店上上下下几百号员工，他竟能记住他们的英文名字，一个不漏。笔者翻阅他的工作总结，这位虎背熊腰的大经理竟写得一手娟秀的英文，方方正正，一丝不苟。常说字如其人，这一句在赫万恩身上不适用。我随意地将"赫体"英文比作"英文仿宋体"，想不到竟引得几位秘书连声赞同。

赫万恩会说粤语，却不认得几个中国字，"大、小、多、少、北京、天安门……"，大抵相当于幼儿园大班的水平吧。然而这位"大班生"却用这少得可怜的汉字断了一场"公案"，引得许多人不得不佩服他的精明。

清晨6时半，"哈大叔"早早起床，洒扫庭除巡视各方。去年开业后不久，还是驻店经理的他去锅炉房巡查，见一职工正埋头看书，他勃然大怒。那人见经理驾到，大惊失色，连声说："对不起，对不起，我正在读技术书呢，是有关锅炉的！"赫万恩见其狡辩，也不说话，一把抓过那本书就翻，看见"心"、"爱"这些字就指给那人看。

"技术书？技术书里会有这么多'心'和'爱'？"

那职工无可奈何地低下头去。

"哈大叔"并不因为自己只认得几个汉字便能断下一桩"公案"而洋洋自得，如今他的案头时时摆着一本学汉语的指导书《管钥匙的人不在》，有空便与部下探讨博大精深的中国语言，想必是从这个事件里得到了启发吧！

"哈大叔"不傻，时时显示出他精明的决断和科学的管理。危急关头，"哈大叔"显示出来的勇气和决心，使人隐隐约约看到了一种身先士卒的献身精神。

1989年6月29日，饭店21楼突然起火。当时还是驻店经理的赫万恩闻警，与工程部经理、新加坡人傅根培先生率先冲上楼去救火。

其时，屋里烟火弥漫，一个工人正悬吊在窗外大喊"救命"。他们二人拼力将其从窗外救起，又抓紧时间灭火清扫，下楼时二人都成了黑头花脸。

由于装上了先进的烟感报警系统，扬子江饭店的各种报警每年都有好几十次，虽然大多数是因为吸烟而引起的虚惊，但责任心驱使每一个人严守制度，闻警必动，赫万恩总是拎着灭火器抢在前面。

有人自嘲说，这是"狼来了"，赫万恩一笑置之："必须这样干，'狼'万一真的来了呢？"

以科学的规章制度去应付万一，并非"扬子江"的首创。但长期坚持而不懈怠，不正是另一种意义上的首创么？

赫万恩是一个血肉饱满的男子汉。他有时心肠如铁石。一位调酒员技术高超，很有经验，只因多收了客人20元，被投诉了。赫万恩知道人才难得，曾犹豫了很久，但最后还是挥泪斩了马谡。然而每年"六一"儿童节，他都要自掏腰包200美元，赈济儿童福利院的那些孤残儿童们。他骂人，但也爱人；他很风趣幽默，但有时也心事重重。他目前最大的心事是怎样把日本、欧美的客人请到重庆来，领略一下"扬子江"的风韵。

6月8日，那个令球迷躁动不安的夜晚，赫万恩邀请我去饭店20楼他的房间里小坐。他扭开收录机，让我听节奏舒缓的古典音乐，如数家珍地向我介绍他收藏的烟斗、他用高价买来的黛玉和探春画像，以及那幅包容中西的怪诞的画。同他的办公室一样，"忍"字高悬于墙。他养鱼，他种草，他买了好多好多真真假假的中国古董，一支支抽雪茄烟，一杯杯喝名牌酒。他热爱生活，也很会生活。

然而，他生于欧洲却不热爱足球，这一点使我这个一边与他谈话一边期待着第14届世界杯足球赛开幕式的球迷很难受。怪只怪他还画蛇添足地加了这么一句："让22个人围着一个足球跑，像什么样！"这句话使我对他的感觉陡然改变。人有七情六欲，月有阴晴圆缺，他居然对足球发如此高论，让人不由得想起慈禧太后当年曾建议"给他们每人发一个球，免得争抢"之妙语。

我为赫先生遗憾，他如此精彩的东方传奇中竟然没有足球！也许，他是没有时间爱足球，他是把全副身心都投进了酒店事业。

"大副"的故事

有人把易新南比作"大副"，这比喻是很妥帖的。

"扬子江"就像一条航行在海洋中的巨轮，除了船长哈得曼，还需要一位谙熟"海况"的大副。

中方代表、副总经理易新南默认了这种比喻，而后用略带湖南腔的普通话告诉我："如果我是大副，我的中国同事们便是二副、三副……没有他们，这艘船开不动。"

易新南很和蔼，很客气，有一副儒生的外表和君子风度。你很难想象他竟有 20 年的军旅生涯。

部队是所大学校。社会更是一所大学校。

然而，易新南在部队里学到的很难应用于现代的大酒店。但易新南是聪明人，他懂得怎样学习。

1986 年，转业不久的易新南来到人民宾馆，以团职之身当上了总经理助理。

"老易，你还是从餐厅服务员学起吧！"

有人递他给一本《餐厅服务员须知》。

他按下心头的无名之火，冷静地接过"须知"，提了一瓶开水，夹了一摞草稿纸，找了一间空屋子，如同修炼坐禅，开始了一次新的跋涉。

"如果没有人民宾馆的起步，我易新南便干不了'扬子江'的事业。"易新南如是说。

我想，20 年的军旅生活对今日的易新南并非全无用处，军人的决断、韬略或多或少地表现在他的生活、工作之中。那时候，当兵是要学习《矛盾论》的，因为那时候的矛盾很复杂。然而，现代生活是更加复杂、更为变幻莫测的万花筒，学过《矛盾论》的人兴许更容易把握舵轮。

谓予不信，请看事实。

易新南与他的中国同事提出了营造"扬子江"气候、建立软环境的设想，打算在中外人员混杂、各种矛盾集中的酒店建立一种宽松和谐的工作环境，开创一种前所未有的事业。

1987 年冬季的一天，市政府副秘书长辛玉给易新南送来二则关于长城饭店的短篇报道，讲该饭店如何解决纷纭繁杂的矛盾，使易新南茅塞顿开。他冥思苦想数日，与上上下下反复磋商，提出了关于"扬子江"的管理思想：一个管理集团，一个经营目标，一个管理体制，一个服务宗旨，一个船长，一个团队精神。

易新南很聪明，他想到，几百个不同种族、不同国籍、不同肤色、不同语言、不同信仰、不同生活习惯、不同人生观念的人整天厮混在一起，必须要有一种精神把他们从上到下统一起来，必须有一种超越上述不同点的企业文化，必须有一种为所有人接受的小气候。

然而，强烈的民族自尊心与狭隘民族主义的自大心理却不断腐蚀着破坏着和谐与团结。中国人看不惯少数外国专家那种目空一切、妄自尊大的模样，外国专家则不放心物质上尚不富有的中国员工，于是冲突时有发生。

一次，矛盾升级了。一位名叫本·彼得的西德籍专家擅入中国员工更衣室，撬开衣箱寻找丢失的台布，他用严厉得过分的方法处罚员工，甚至用胶布把员工的嘴封起来。

中国员工气愤至极，把他团团围住，甚至要用枪来教训他。

怎么办？易新南这个"大副"不仅要替船长领航，还要时时体现他非当不可的"政治委员"的角色。晓之以理、动之以情是他的拿手戏，调解矛盾、化干戈为玉帛是他的老本行。他找员工促膝谈心，讲小家庭与"扬子江"大家庭的道理。他说，中外员工之间的关系有如刚刚结婚的小两口，假如女方总以娘家为重，男方总以婆家为重，不设身处地为对方着想，不能互谅互让、建立信任感，那么这个家庭将永无宁日。

外方为什么要担当正职？中方为什么要担任副职？这是因为我们还不熟悉当今国际酒店的管理经验，老老实实当几天学生哪点不好？不要太看重那些权力，它是权力，但也是管理水平，是责任。况且哪一位老师不是从当学生开始的。可以想见，10年之后，首批进入假日酒店的重庆员工，将是此地酒店旅游业界的内行、专家。花钱请"老外"，这是一本万利的生意，其意在于未来。

你外国人也不能倨傲。要讲历史，没几个国家能与中国相比。中国人穷，却绝不会为五斗米折腰！穷是历史原因造成的，其中可能也有你们祖先的一份责任。你是被中国人请来的客人，客人总得有点礼貌。世界上没有民族的优劣，只有思想观念的不同和管理体系的差异。你应该读一点历史，了解一点中国文化，你就会知道谦虚是中国人的美德，而只有尊重人，人家才会敬重你。

然而，更大的风暴还是来临了。

1989年早春，饭店将部分开业。此前，面向社会招聘人员的培训也已告一段落，接下来是签订劳动合同。

中国员工不习惯签订合同。他们尽管下决心扔掉了铁饭碗，但心中的幻想仍多于现实。签合同？那无异于卖身契！为什么中国员工工资比老外低那么多？同样的工种，一样的付出，为什么收入差异几倍乃至几十倍？这不是剥削吗？这不是崇洋媚外吗？这不是……一时间，群情激愤，要求工会发动罢工者有之，高唱《国际歌》者有之，书写"革命诗抄""大小字报"者有之，某部门几个年轻力壮却不知天高地厚的小伙子，竟挡住了当时的总经理毕索夫的座车，抬起来吓唬他……

冲突一触即发，几百位员工齐集楼前广场，慷慨激昂，不能自已。

重庆的冬日阴霾沉沉，像千钧巨石一样压在中外两方部门经理以上人员的心头。他们纷纷出动，讲道理，谈政策，让员工们理解中外合资企业的性质。饭店董事长辛玉等也来到员工中间，听取意见，详加解释。

那一天，中方代表、副总经理易新南正在成都开会，突接家中电话，方知后院起火，于是立即退出会议赶回重庆。归途中，他百思不得其解，工资标准中外两方已经谈妥，将很快兑现，再签订合同。回到重庆一了解，方知毕索夫单方面决定压低中方员工的工资，从而引发了一场小小的工潮。

楼前那番景象不必赘述。易新南先找到几位中方骨干了解情况，并坦率地谈了看法。他说："作为中方派出的代表，我很理解各位的心情，但当务之急是平息事态，保证'扬子江'的正常运转。外籍人员的高待遇有其特殊情况，他们长期生活在发达资本主义社会，不能要求他们和我们同甘共苦。我们请他们来，是花钱购买他们一流的管理经验，他们实际上是我们的'洋丘二'！这种代价是值得的。我还要给这些小青年们讲讲传统，讲讲那时候我们每月只有六元钱的岁月。"

"我的话引起一片笑声，紧张的弦一下子松了许多。也有人担心，谁听你那一套，现在的人只认钱！我说不然，讲讲过去的老传统，对他们肯定有启发。"易新南记忆犹新，侃侃而谈。

第二天中午，易新南与饭店高级职员一起在南苑餐厅吃了午饭，然后乘大轿车返回饭店。这时，几乎所有的员工都集中在门厅外的空地上，大家一拥而上，把轿车团团围住。

情况非常紧急。

毕索夫毕竟是一个搞酒店的老手，大概对罢工、工潮、请愿一类的事见惯不惊，端坐于车内横眉冷对，方寸不乱，毫不妥协。

怎么办？着急的是易新南。作为饭店副总经理，他绝不能允许有乱子发生，要绝对保证毕索夫及30名外方人员的安全。作为中方代表，他有责任维护中方员工的利益，考虑他们的合理要求，改善他们的待遇。他绝不能溜之大吉，那是不负责任的表现！

面对乱哄哄的场面，易新南忽然生出莫大的勇气，原先纠结于心的担忧忽然烟消云散。"几百双眼睛紧紧看着我，不允许我有半点的犹豫和迟疑。"易先生回忆起当时的情况，仍然历历在目，"我转身对毕索夫说：'总经理先生，现在让我来说几句话……'"便接过话筒，开始了即兴演讲。

易新南30分钟的讲话十分成功。他重申了自己对本次事件的态度：大局为重，息事宁人；员工是饭店的主人，要体谅饭店的困难；员工的待遇会逐步得到改善。易新南那天的讲话格外动情、格外流畅，像和风细雨，滋润心田。

渐渐地，激烈的情绪得到缓解，人群慢慢散去。而后，他与有关人员一起，一个部门一个部门地挨个拜访，促膝谈心，解答问题：对大家丢掉铁饭碗后想多拿一点钱表示理解；算一笔明细账，以事实说明员工的工资仍比在原单位高；国家有规定，合资企业的工资理应高出一些，但也不能无节制地增加；讲传统，讲市委书记肖秧的工资也不过200多元，"扬子江"的主管领班收入已超过市委书记，超过大学教授，自己当兵时每月只有6元的津贴费；如果某些员工收入的确偏低，也可弄清情况，予以调整，他亲自去反映……

一番话推心置腹，听者自然大受感动。下午5时前，多数员工均已签好合同。对拒不签合同的，人事部单个接待，了解情况，酌情处理。

一场风波到此终结。个中教训不少，易新南的收获却颇多，他学会了怎样应付紧急局面，也在中外员工中树立了自己的地位与形象。

危机过去，毕索夫又喜又惊。当日下午5时后，他带上吴宪文（美籍华人）与易新南见面。毕索夫说："易先生，这真是个奇迹！我想弄明白，你是否给了他们什么许诺。你知道，任何单方面的承诺都是无效的。"

易新南笑答："总经理先生，我不过向我们的员工说了一些知心话而已，他们理解。"同时，他也指出一些不合理的工资应当及时调整。

毕索夫当即予以拒绝。

易新南要求召开高级职员会议，研究解决。

会议召开了。外方参加人员有毕索夫总经理、驻店经理、财务副总监和培训经理。中方只有易新南一人。

会场气氛剑拔弩张。

毕索夫不太了解中国国情。他用西方的标准衡量中国，将中国一些颇为热门的职业工资标准定得过低。譬如司机，这个被中国老百姓戏称为"师级干部"的职位，定了多少工资呢？141元。还是全部收入。毕索夫不知道，中国的司机除了挣工资、享受每一个中国工人应有的补贴之外，还享有行车公里津贴，等等。141元，平心而论，确实太低了。不用说"扬子江"，即便在任何一个单位，司机的收入也会大大超出此数。

然而毕索夫不理解，也不愿意理解。毕索夫生性倔强，对员工的"无理"要求气急败坏，工会的报告他不听，外方人员的话他也不听，谁一提工资他便暴跳如雷。

会议开始不久，易新南代表中方陈述意见未毕，他便猛地将工资名册抛向门外。对于毕索夫来说，这是一种失态。他指着易新南的鼻子大叫："易先生，你懂不懂管理？"站在一旁的年轻女秘书被这火山爆发一样的场面吓呆了。

易新南这一年正好40岁。40岁的男人谙晓世事而不会迷惑，然而40岁的男人仍然阳刚之气不减，岂能忍受这种侮辱。

"尊敬的毕索夫先生，请你冷静一些。现在是高级职员会议，我们彼此尊重一些，不然我们的员工会笑话我们。"说到这里，易新南停顿了一下，他向秘书要来一支烟，平静地点燃，而后深深地吸了一口，呼出一口愤怒的白烟。礼仪之邦的优秀传统使他压住了怒气，他接着说道："在矛盾面前，任何发火都是无效的，不明智的。面对问题，唯一的办法就是让我们坐下来，商讨一个切实可行的解决方案。"

毕索夫没有再动怒，转而注意听翻译转述易新南的意见。"首先，你是对的，毕索夫先生。我完全能够理解，在贵国，由于汽车的普及，司机算不上技术工种，就像成都的市民都会骑自行车一样。然而，你必须明白，中国是个交通不发达的国家，司机这个职业颇受尊重，他们的收入往往比厂长经理还高，请你结合中国国情予以考虑。"

毕索夫终于冷静下来，他诚恳地向易新南表示歉意。易新南提议休会15分钟，他让秘书送来啤酒，中外双方频频举杯，为合作、为友谊。易新南说："尊敬的总经理先生，扬子江饭店的未来要靠我们共同描画。"毕索夫说："很好，易先生，我们共同驾驶着一艘巨轮，我们一同出海。""毕索夫先生，那你就是'扬子江'号的船长，我是大副，我们同舟共济。只要外方不违反中国的政策，不侵犯人权，不违背合同，我将与你通力合作。你们可以放手管理。"

俗话说："不打不相识。"目前已去北京出任新职的毕索夫先生从短暂的共事中认识了易新南。易新南告诉笔者，不久前，毕索夫曾以丰厚的报酬请他去京担任他的中国事务专家，但是他婉拒了。

易新南不属于个人。

易新南是共产党员。

易新南的事业在"扬子江"。

不仅易新南，与他共事的余兴友、王克宁、梁洪贵、周兰锋、崔平、曾光智、朱荣勇等中方管理人员，都怀着与他一样的信念与抱负。

人非草木，孰能无情，在"扬子江"这艘船上，外方专家渐渐被中国员工的坦诚与献身精神感动，加深了理解，增进了友情。人事部经理崔平介绍说，前文提到的那位本·彼得，合同期满离任时，私人掏腰包在南苑饭店请餐饮部同人吃火锅。酒过三巡，说到动情处，眼圈都红了。他一再表示，此生中，重庆之行未曾虚度，永生难忘，永世难忘。

有意思的要数易新南，他对本·彼得要了个小小的计谋。他说："彼得先生，您合同即将期满，什么时候走？我给您安排了一个小节目。"

"什么节目？"彼得被易新南逗得来了兴趣。

"保密。"

节目上演了。易新南不带他上商场、逛公园，不买中国字画古玩，却一车子把他拉到罗汉寺。彼得这才明白了易新南的一番苦心：让他多了解中国文化、巴蜀文化，今后更好地在这个古老的国度工作，多长见识，少走弯路。

彼得参观出来，连声叫好，说："这是易送给我的最绝妙的礼物。"

易新南就是这样一个人，一个具有独特个性的人：行伍出身却不像兵，非酒店出身却当上了国际酒店的管理者。

"扬子江"之梦

月华如洗的夜晚，从市中区枇杷山眺望扬子江假日饭店，犹如看一位披着薄纱的美丽少女。淡蓝色的光晕从一个个落地窗中透出，那样神秘，那样高贵，那样迷人。

许多人因为其神秘和高贵望而却步，却不知道"扬子江"人那一颗宽广灼热的爱心。所有的人都可以昂首阔步地走入它的大厅，享受它的那份温馨，那份华丽。

许多人又因为其神秘和高贵接踵而至。四星级的大酒店，国际假日集团联号管理，开重庆国际酒店之先河，这些将"扬子江"与全世界联在一起。"扬子江"带给人们多少五彩斑斓、绚丽多姿的梦幻与向往。

来"扬子江"的熙熙攘攘，去"扬子江"的络绎不绝。匆匆过客中，又有多少悲欢，多少故事。

徐思惠（女，27岁，公共区域高级领班）：我从市三人民医院来，此前当了八年护士。为什么来这里？很简单，没文凭，不受重视。我1980年毕业于市外语学校，但没有专业文凭。我可以说干一行爱一行，谁对我也不能挑剔，但我总觉得很压抑，发挥不了自己的才能。外办曾来借我，但医院没人顶班。你知道，护士工作很累很苦，没人愿意干。1988年，我报考了长江印务公司、中旅和这里，父母都不支持，说，你这人也没什么本事，当个护士不错啦！人家想进三院还不行呢！我不同意他们的观点，决意辞职报考，绝不回头。"扬子江"录用了我，问我愿不愿干客房，问我愿不愿干公共区域（即清扫卫生）。我对刘伟波先生（香港人，现客房部经理）说，只要到"扬子江"，干什么都可以。我与许多比我小得多的男女孩一起，从最基础的东西做起，叠被子、洗马桶……这里很平等，谁也不把你看成什么，但他们见我年龄大，踏实，都很重用我，我第一次感受到了被信任的快乐。有人不理解我，说你当护士服侍人，到"扬子江"也服侍人，有啥意思？我不同意。清洁状况反映出"扬子江"的面貌与服务水准，我们部门的经理照样洗马桶。工作内容不同，但都是为客人服务。这里的人际关系打破了我过去习惯了的传统人际关系。我目前的工作很难用上外语，但我并不遗憾，因为"扬子江"重用我。1988年，我曾去北京丽都饭店实习。现在，我担任了高级领班，每月收入300多元。我干得很顺心，也很尽职，虽然有时觉得很累，但我觉得实现了自己的价值。我现在没有退路，也不怕"扬子江"倒闭。真是那样，我也不怕，我对自己充满了信心，我可以干出一番事业来。

徐小姐的确信心十足，说起话来滔滔不绝，干练、自信，饭店上上下下对她赞不绝口。

A先生（很年轻很聪明，大学研究生）：先生，你要写"扬子江"？是受命于人还是自己要写的？我可要说真话呀，你敢不敢写？我知道你们的苦衷，不过没关系，我只代表个人的观点。"扬子江"自然有许多令人眼花缭乱的东西，国际酒店重庆第一家嘛。你看，人与人之间很亲切，很有礼貌，人们衣冠楚楚，彬彬有礼，出入酒店大堂，令人目不暇接。无论从哪方面看，"扬子江"都是重庆第一流的酒店。我为什么要到这里来？告诉你，我的学校并不知道这件事，我是悄悄来的，我为了体验生活，了解社会，增加阅历，开阔眼界，自然也为了钱。说实话，这里的钱并不多，差别很大，大概这就是资本主义吧！这里的工作很辛苦，一般要干10个小时，经常加班。我在这里长了许多见识，但说句老实话，今后我不会再干饭店。由于种种原因，这里员工的素质还有待提高。对赫万恩总经理，我也有自己的看法，他是不是管得太细了一点，什么这里有水珠呀，那里有灰尘呀，总经理就去干总经理的事嘛，婆婆妈妈的可不行。

难得碰上这样一位直抒己见的员工，也许是因为他很年轻、思想很活跃的缘故。我觉得他对赫万恩的意见大胆而中肯，便向他转述了。

赫万恩答曰：不能这样看，小事情能反映出饭店的全貌，客人往往从小事情认识酒店，留下深刻印象。如果你要帮助客人提行李，客人会怎样想呢？他会感到很温暖。如果客人见到服务员鞋袜很脏，指甲盖很黑，纽扣也掉了，他又会怎样想呢？我想答案很简单，他的第一印象会不好，这就会涉及整个饭店的生意。所以，许多人认为微不足道的地方，我都严格要求，诸如穿衣戴帽，发型卫生，见面问好，等等，这是总经理应尽之职，也可以通过这些看起来是细微末节的小事，观察饭店的每个角落，从而从宏观上作出评估。

文黔明（男，26岁，北京商学院毕业生）：我出身于书香门第。1987年从大学毕业后，因分配不理想，主动要求分到重庆，从该年7月至1988年2月在南苑餐厅任职，而后又去了渝丰公司，整整干了一年时间。1989年"扬子江"开业，毕索夫总经理对我说，你以为你很有能力，其实你对饭店并不熟悉，我给你一个职务——员工食堂主管，好好干。我就去了，自认为干得很出色，成本下降了，关系理顺了，一切都很如意。哪知去年11月底，突然让我去餐饮部实习，让我穿上侍者服，从最底层的服务员干起，上菜、端盘子，什么人都可以支使我，就连那些十几岁的小女孩也可以说，喂，你去把盘子拿来。我真有忍辱负重之感！我是大学生，也算"扬子江"的"元老"嘛！每个部门实习一个月，整整要干九个月。西餐厅当传菜员，咖啡厅端盘子、洗盘子，送餐部送饭菜，管事部当洗碗工、倒潲水，白天晚上不分，手被各种药物搞得稀烂……什么苦都吃了，脸都丢尽了！朋友、同学来"扬子江"用餐，我红着脸去上菜。他们说，文黔明你怎么啦，堂堂大学生、大主管，怎么到了这种地步？是不是犯错误了？我怎么解释也说不清楚，中国人的观念就是如此。最可气的是，那一次我爱人（外院毕业生）陪公司老板来吃饭，也让我替他们传菜，这传菜员是西餐厅七个职位中最低的。他们公司的人我都认识，我恨无地洞可钻。他们都说，哎，大经理也亲自来为老婆服务啦！我说我是侍者，传菜的，他们怎么也不相信，我太太回去一个劲地埋怨我不该出她的丑。我觉得这种"培训"太无情了，是一种惩罚。还有一次，我迟到了三分钟，总经理便骂了我三分钟，还让一个18岁的女服务员教训我："托尼，你不能再迟到了！"托尼是我的英文名，我这个堂堂男子汉就让这么个小女孩使唤来使唤去，真没劲！我对这种"培训"有意见，去找赫万恩先生，他说："你能力是有的，很有希望，但你锋芒毕露，这不行。你以为你可以当经理了？我给你出五道题，做上四道我让你当。"我自然做不了那些题。他还说："你有点霸气，那是需要的，否则没有权威，但对客人这样是不行的，要打磨干净。"几个月下来，我吃了不少苦，心里很不服气，但说实话，我学到了很多东西，从最基础的事情做起，对餐饮部的每个枝节都了解了。这种"培训"虽然无情，但假日酒店培养管理人员的一番苦心可谓独树一帜。

先苦其心志，劳其筋骨，而后降大任于斯人，这样做似乎太残忍，太没有人情味，但又确确实实合情合理：不了解底层员工的心理，无论如何是不能成为好经理的。重视培训，重视人的发展，当是假日集团对"扬子江"、对重庆的最大贡献。

赫万恩、培训部对文黔明的严格培训，意味着要把一流的饭店理念传承下去。一位香港老板把一个名叫贺联的男孩带到桂林去了，每月工资750元。文黔明心动了，赫万恩对他说："你是愿意走他那条路，还是走我赫万恩这条路？"话不言自明。严师出高徒，我祈愿文黔明能够马到成功。

笔者与来自长安厂医院的赵青小姐谈过，与来自灯泡工业公司的陈锋先生谈过，与高中级职员及各部门的服务员谈过。他们年龄不同，却都曾做过一个美丽的"扬子江"梦。

走过曲折道路的成年人，往往不甘心一生就如此平平淡淡地度过。事业的不顺，生活的艰难，以及对新生活的追求，都促使他们去寻找新的起点。冷冻机厂工程师李嘉林等四人，毅然辞职投奔"扬子江"，曾在社会上引起轩然大波。他们是需要勇气的，年纪不小，拖儿带女，然而正是这样的员工，在"扬子江"干得非常出色，用他们辛勤的劳动描绘着"扬子江"的未来。

年轻人也干得不错。宋川、徐燕、孙培易三个女孩，年仅二十岁，便已干着领班的工作，领导着比她们年纪还长的部下了。黎闯不过十九岁，干领班的活也很自如。他们的收入，肯定已超过自己的兄弟姐妹，甚至父母。

然而他们并不满足，尤其是女孩子。她们对我说，在这里干活很舒畅，但也有危机感，有压力，得时时处处分外小心。服务员是吃青春饭的，几年之后，饭店为了保持活力，肯定不会再聘我们，什么专长都没有，我们干什么去？

这的确是个问题。

由海外公司管理的扬子江饭店，毕竟生存于社会主义的土壤之中，竞争也罢，危机感也罢，总得考虑这些人的吃饭问题，这便是社会主义的优越之处。

据人事部经理崔平说，对于中外合资企业的这种特殊现象，有关方面已有初步的考虑。

扬子江假日饭店营业一年有余，人才流动已形成一种趋势。据悉，抱着不同梦想进入"扬子江"的员工中的一部分，又抱着另一种梦想离开了这座迷人的大厦。"扬子江"像一台工作母机，培养了一批批酒店服务业的管理人才，输往人民宾馆、雾都宾馆、重庆宾馆、重庆饭店，把"扬子江"的管理经验带往各处。但是，"扬子江"也非客房酒店，想来则来想去则去，不履行合约者是要按照合同罚款的。

有意思的是，许多人去外面转悠一圈后，又想回头。他们承认，在重庆，只有"扬子江"才是真正做到科学管理的大酒店。去易而归难，"扬子江"可以原谅他们离去时的轻率，却不能容忍这种不负责任的行为。即便是过去那种时时萦绕于心的危机感，他们也无法再亲身体验了。

采访中，易新南先生告诉我，尽管生不逢时，尽管困难重重，"扬子江"仍然在前进着，入住率现已达40%。今年5月，饭店第一次出现盈余。酒店业的特点是不能急功近利，"扬子江"成功与否要等几年之后再看。

然而，有几点却是应当肯定的："扬子江"的建造没花国家一分钱；"扬子江"代表重庆走向世界，与世界交流，也通过这里将世界引入了重庆；"扬子江"为重庆培养了管理国际酒店的人才，带动了重庆酒店业面向整个世界；"扬子江"是重庆十年改革成就的一部分；"扬子江"还是"人精"荟萃的地方，集中了一大批有志气有抱负的人才……

就在笔者结束这次采访的前一天晚上，扬子江假日饭店门外车水马龙，人来人往。从珞璜电厂工地、葛兰素工厂工地以及市内外赶来的内宾外宾汇聚一堂，其乐融融，观看着色彩明丽的"多米诺"时装表演。然而，欢乐的气氛被突发事件破坏了：一些客人带来的女伴中，竟有因犯店规而被除名的原"扬子江"员工。

按规定，"扬子江"的员工被除名后，半年内不得进入饭店。女孩被拒之门外，引起了结伴同来的客人的不满，他们愤怒地表示，今后不再关照"扬子江"的生意。

赫万恩先生来到现场，听取汇报后作出决定：坚持饭店规定，原则不能退让，宁可暂时牺牲一点生意，也要维护"扬子江"的声誉，相信饭店最终会赢得他们的理解和尊重。

闻听此言，我对赫万恩肃然起敬。

平心而论，赫万恩的困难也够多的了。5月底，他去日本、我国台湾地区进行销售拜访，两地旅游业界人士对重庆的环境、基础设施以至有关部门的管理能力颇多责难（而这些问题不是他能解决的），致使他此行收效甚微。他对此很生气，很烦闷。"扬子江"，偏立于重庆南隅的"扬子江"，怎样才能走向日本、西欧乃至世界市场，这是他日思夜想的问题。

然而，我坚信，"扬子江"这艘航船，在船长、大副以及许许多多出色的水手的齐心协力下，一定会驶出江河、驶向大海、驶向那一朝云开雾散的世界！

"扬子江"的梦是美丽的，七色的。

"扬子江"人的未来是美丽的，七色的。

愿世界时时回荡"扬子江"的交响！

1990 年 6 月写于重庆

"火锅皇后" 何永智

何永智说

事业的成功是做人的成功。

本文首发于《重庆经济报》，曾获 2000 年中国经济新闻大赛二等奖。

从重庆八一路上的三张火锅桌，到遍布全国大中城市的 40 余家连锁经营店，她想成为中国的"火锅皇后"，她想把自己的"小天鹅"做成中国的"麦当劳"。

从"工作着是美丽的"，到"智慧不会衰老"，再到"事业的成功是做人的成功"，足见她的才智和经营理念。

自嘲"缺少文化"的何永智最终把"不能不吃，却不能入流"的火锅，升华为融巴渝艺术于一体的主流火锅文化。

吃火锅，去小天鹅

有朋自京城来，刚下飞机，便申明要领略正宗重庆火锅之滋味之神韵，于是遍布重庆城的大大小小各具特色的火锅店，便在笔者脑海中一闪而过，而后定格：去小什字新重庆广场 6 楼的小天鹅巴渝食府。

这是寻常意义上的火锅店吗？朋友惊讶地望着我，再回过头去扫视眼前从未见过的壮观场面：千余平方米的大厅之中，一片明黄赤红的宫廷色调里，散布着几十张圆形火锅桌，几百名食客正围炉而坐，旁若无人地饕食狂饮；而右侧舞台上，一群舞者正在时而轻柔时而狂放的民族音乐旋律中，展示着她们的青春与艳丽。

殷勤有加的服务小姐把我们引领到预留的席位，食府管理人员席文力、刘惠菱等候已久，小天鹅集团赫赫有名的"火锅皇后"何永智特地从江北集团总部赶来，笔者又专门约请了电视艺术家、著名的重庆火锅研究学者唐沙波前来助兴，于是在觥筹交错、沸汤红油、美馔秀色等精神、物质的强冲击强刺激的宏大场景独特氛围中，开始了一场关于火锅、关于巴渝食府、关于"火锅皇后"何永智的采访与交谈。

工作着是美丽的

何永智永远是一副风尘仆仆的模样，她刚从在北京举行的孔子诞辰2050周年纪念会上归来。她是参加此次国际儒学联合会大会的唯一女性，与散居世界各地的儒学大师们进行了广泛的接触与交流。会议结束后，她立即前往她在国内开设的40多家小天鹅火锅分店中的几家，进行了一番调查、研究和业务指导。仅仅回来几天，又将去京、津、沪等地巡查、拓展业务，她是一个不知疲倦的人。然而，你很难相信，这位充满活力的女性，曾经遭受过命运的沉重打击，在一次车祸中，股关节受伤坏死，如今她的股关节是人造的，每15年必须更换一次。闲着的何永智（尽管她很少闲着）显得很累很疲乏，然而只要一谈到事业，谈到她和丈夫廖长光共同创建的小天鹅集团，她就两眼放光，热情洋溢，魅力无穷。这一次，她干脆利落地对友人和我说，我们就不谈八一路小天鹅创业那些陈年旧事了，多说说小天鹅的现在和将来，多说说巴渝食府，怎么样？

巴渝食府，是何永智经营火锅业十多年、经深思熟虑并多方考证之后推出的重庆火锅升级版精品，它把火锅真正地搬进了大雅之堂，并将巴渝艺术融汇其中，匠心独具，格调非凡，真是化平凡为神奇，聚沙泥成华屋了！

做火锅要融入文化

别看何永智常常自嘲"缺少文化"，她却对文化艺术钟情至深。巴渝食府的构思与设计，全是何永智文艺界的朋友们一手操办的。四川美院副院长郝大鹏负责总体设计；唐沙波搜书索卷，写出了《重庆火锅源流考》和洋洋数千言的《火锅赋》；著名画家欧志予根据唐沙波之文绘成了精美的图画并刻于石上；磨漆画大师詹蜀安的磨漆画精品《南来的风》、《飞天》，以及令人称绝的磨漆花柱沥粉画等，让巴渝食府更显富贵；摄影家马亚东的巴渝老照片，则让走入巴渝食府的新老食客去咀嚼历史、品味现实……

　　在巴渝食府，你看不见烟熏火燎、闻不到油烟腥气，何永智在"鸳鸯锅"的基础上发明的"子母锅"，使得"红白横流"成为历史，几十、上百种菜品由你任意选择。如果你不喜欢喧闹、不习惯在轻歌曼舞中进食，你尽可以选择一间雅致的包房坐下，譬如"瞿塘夜月"、"黔水澄波"、"石琴响雪"、"宁河晚渡"、"白鹤弄潮"，一听名字，你便知这是何永智那帮文艺圈朋友们给起的，因为每个名字都透出文人气。笔者最喜欢的是"朝天汇流"，这是一间带有大型中式会见厅，并有独立卫生间的大包房，采用每人一锅的服务方式，然而，最吸引人的是它所处的位置，顾名思义，坐在这间房里可远眺长江、嘉陵江两江汇流的壮观景色，可谓嘴里嚼的，眼里看的，都是巴渝美物。难怪每有中外嘉宾莅临，都要选择这间包房以一睹胜景。笔者就曾邂逅几位台湾友人，都是重庆籍，一进这间包房，就趴在窗口上眺望，口中还念念有词："两江汇流，真美，真美，几十年没有看到这么美的故乡夜景了，几十年没吃到这么好的火锅了！谢谢！谢谢！"其中一位席中酒力发作，喜极而泣，抑扬顿挫地朗诵起唐沙波的《火锅赋》来：重庆火锅，雄秀西南，辐射全国，饮誉海外……

　　这样的例子不胜枚举。

　　今天的巴渝食府日日高朋满座，食客盈门。客人们喜欢它的雅致，喜欢它的文化，更喜欢它的服务。巴渝食府的消费水平比大众化的火锅高出许多，它针对不同客人有不同的价格，从每客48元至每客228元不等，然而仍然供不应求，笔者就曾经有过被服务员客气地说声"对不起，座已订满，下次请早"，而后被请走的遭遇。我问何永智这其中有何诀窍，她笑而不答，反问我："人们喜欢可口可乐，又有何诀窍？"我恍然大悟，是品牌，是小天鹅的品牌令人趋之若鹜！

小天鹅火锅的品牌有口皆碑。

何永智当年以三口锅在八一路闯天下：由"火锅阿信"、"火锅西施"一跃成为"火锅皇后"，皆因其笃诚实在、厚待顾客而终成大业。说实话，火锅汤料、口味固然重要，然而万变不离其宗，火锅终究是火锅，他们的成功，更主要的恐怕还是靠何永智、廖长光独有的人格魅力。商界有一句老话，大意是"赚一分利家大业大，赚三分利受苦受穷"。聪明的何永智从起步始，便明白了个中三昧，也就有了今日的成功。其实，做人何尝不是如此，这实在是一个简单而深刻的道理啊！

输出品牌，想成为"中国的麦当劳"

有口皆碑的重庆小天鹅引来商机无数。如今，40多家小天鹅火锅已在国内诸多城市开业，每开一家，成功一家，赚钱一家。何永智每每出去走一趟，就要带回来三五个合同。中国人托改革开放之福，生活好了，讲究吃了，讲究吃的环境与氛围了，小天鹅成了一种典范，一种楷模，一种形象，一种赚钱的模式，人们怎么能不趋之若鹜？更令人叹服的是，小天鹅如今的经营模式往往是输出品牌、服务和管理，它已经不需要投入多少资金，却可以从中提取三至五成的利润！这是一件多么令人愉快的事情啊！难怪何永智如此乐此不疲，如此频繁地东跑西颠。她乐滋滋地告诉我，她当年在八一路搞的火锅自助餐模式，已经在全中国大面积推广，她当年将客人当成朋友的服务方式，到今天仍然在产生效益，上海小天鹅火锅大酒店的老板，就是当年八一路小天鹅的食客，而天津的合作者，更是辗转几个月才在成都把她找到。

何永智有一句话常常挂在嘴边：我不工作就要生病。的确如此，何永智闲不住，坐飞机对她来说如同"打飞的"，每个城市每个分店她往往只待一两天，办完事就往另外一处赶。她对我说，太累了！可随即又说，人不累又干什么呢！

工作对于何永智来说，永远是美丽的。

美丽的工作也让何永智的人生更加完美，尽管她没有很高的学历，然而聪慧过人的她在工作中不断充实、完善自己。如今，她不仅是国际儒学联合会的正式成员，还是北京大学、北京师范大学的客座教授，每年都要去北京，给那些学富五车的精英们上那么几节课，她的口才与学识令学子们折服。她还上了赫赫有名的英国版《世界文化名人录》，大概是由于她在将重庆火锅与巴渝文化融为一体方面做出的杰出贡献。

何永智如今雄心勃勃。

她说，她已经创立了中国最大的火锅餐饮连锁集团，下一个目标是将其打造成为"中国的麦当劳"，在中国乃至世界的餐饮史上写下墨色浓重的一笔！

可能吗？笔者问过集团董事长廖长光，也问过集团副总经理雷云，还问过普普通通的员工，回答几乎是一致的：以目前的势头，只要没有大的失误，肯定可以实现。如今，小天鹅在安徽已经实行片区代理制，仅该省就将出现 20 多家小天鹅的分店，沈阳、内蒙古、上海、北京的分店也在扩大和发展中。一句话，小天鹅实行的品牌战略，正以低成本扩张之势迅猛向国内大中城市发展，其前景不可估量。

面对小天鹅美丽的飞翔，何永智、廖长光激情满怀，然而也很冷静。

他们制定了一整套完备的拓展战略。

他们正在批量吸纳和培养管理人才。

智慧不会衰老

今年 11 月 1 日，是何永智 47 周岁的生日，在重庆的至爱亲朋和集团管理人员云集小天鹅大酒店，为他们"敬重的何总"过生日，共贺她创立小天鹅 18 载所取得的骄人战绩和丰硕成果。

何永智一袭红衫，喜气洋洋地坐在首席，旁边是与之相濡以沫 20 多年共创伟业的丈夫、全国人大代表廖长光。

一曲《祝你生日快乐》之后，主持人要我献歌。唱什么呢？我忽然想到了《花儿为什么这样红》。此时的何永智的确是一朵红艳艳的花儿，不仅是人，还有她的事业，都如红花一样娇艳。而她与廖长光绵长的爱情、相互的扶持又令人感慨，献上这么一曲旧歌不是很适宜吗？

酒宴中，祝福的话不断，欢欣的笑不绝，从全国各地打来的祝贺电话不止，在酩酊酒意中，我忽然想起了何永智的一句话："人的美貌会消失，智慧却不会衰老。"

这是中央电视台记者采访她时，她说的一名颇具哲理的话。是的，何永智 29 岁在重庆八一路创业，风风雨雨中走过了 18 年，如今她已进入中年，容貌肯定不如从前，然而她的事业正如日中天，她的智慧永远不会衰老。

"事业的成功是做人的成功。"这是何永智的另一句名言。

这一句的内涵比前一句更深刻。我不敢乱加发挥，我想，只有何永智自己才能做出完美的诠释。

从"工作着是美丽的"，到"智慧不会衰老"，再到"事业的成功，是做人的成功"，足见何永智才智过人。何永智这几日又在为巴渝食府忙着准备《火锅源流十二图》，还在谋划改造破破烂烂的洪崖洞……她总想创新，总想出奇，用唐沙波的话说，她本身就是一个奇人，一个为重庆饮食业乃至中国饮食业做出贡献的奇女子！

就在本文发表前的 11 月 18 日，又有一个喜讯从北京传来：中国国际贸易促进会和 FDS 特许经营服务组织（中国总部）授予何永智暨重庆小天鹅集团"中国最具前景的 50 家特许经营盟主"的称号。获此殊荣的国内外知名品牌还有麦当劳、全聚德、金利来、联邦软件、联想电脑，等等，同日，颁奖典礼在北京国际展览中心举行。

中国的改革之风日甚一日，视邓小平为恩人的何永智、廖长光夫妇，肯定会凭借这股长盛不衰的好风，扶摇直上，实现其打造"中国的麦当劳"的宏愿。

1999 年 11 月写于重庆市解放西路 66 号

一曲深情的歌

——诗人彭邦桢和儿子班比的故事

彭班比说

父亲？父亲是父亲，我要依靠我自己，叶落归根，我父亲终归也是要回来的！因为，他的心向着祖国。

本文 1987 年获四川省首届业余文学创作三等奖。

杜甫草堂里的歌声

1983 年 9 月，四川成都，杜甫草堂。

月明风清，竹树婆娑。长廊畔，花丛中，人影绰约，果肴盈俎。溶溶月色中，是谁唱起了歌？好一支深情的曲子——

> 天上一个月亮，
> 水里一个月亮。
> 天上的月亮在水里，
> 水里的月亮在天上。
> 低头看水里，
> 抬头看天上。
> 看月亮，思故乡，
> 一个在水里，
> 一个在天上……

这是一首在祖国大陆广泛流传的台湾诗歌，作者是昔日台湾诗人、今日美籍华人彭邦桢先生。而今夜在杜甫草堂放声高歌的，是他留在中国大陆唯一的儿子彭班比！难怪，没有歌唱家那样动人的歌喉，却有歌唱家未必具有的特别的深情，字字由心底发出，唱得绵绵切切婉转动听。

彭邦桢，湖北黄陂人，现年 65 岁，1949 年只身去台湾，20 世纪 60 年代成为颇有名气的青年诗人，1975 年应邀去美，现任美国世界诗人资料中心两共同主席之一（另一主席是其夫人、美国黑人学者梅茵·戴若女士）。

彭班比，现年 37 岁，系重庆市青联委员、江津县侨联委员、政协委员、民革成员。他是应四川省台湾同胞联谊会的邀请，专程由四川江津赶赴成都参加这一中秋聚会的。

在经历了岁月的风雨之后，彭氏父子于 1980 年取得了联系。可如今，他们仍然只能相会在梦乡中、重逢在信笺上。在这中秋之夜，唱着父亲思念故土的歌，彭班比怎能不思念远在天涯的父亲，怎能不想起自小母亲就给他讲的关于"班比"这个名字的故事……

小鹿"班比"，诞生南京

1946 年盛夏。光复不久的南京。

市中心一家豪华的电影院里，一对青年夫妇相依而坐，津津有味地看美国动画片《小鹿班比》。

美丽活泼的小鹿在绿色的草地上嬉戏，在盛开的花丛中奔跑，在茂密的树林中跳跃。

"真可爱呀！"妻子说。她纤长的手指抚摸着自己明显凸起的腹部，甜甜地对着丈夫耳语，"我们的孩子会有这样可爱吗？"

"会的。"丈夫会意地答道。

"你给他起个名字吧！"妻子娇声说道。

"名字？"丈夫微微一笑，"现在起太早了点吧！"可是当他看到妻子嗔怪的目光时，又顺从了。

"好吧，如果你愿意，就用这小鹿的名字，怎么样？"妻子深情地点点头。

这样，在母腹中躁动的小生命，还没有来到人间，就有了一个可爱的名字：班比。

这个小小的故事的主角，就是彭邦桢和他的发妻陈信玲。然而，彭邦桢始料不及的是，他用一部美国影片的名字给自己的儿子起名，而乖蹇的命运却将他和美国联系在了一起，成为大洋彼岸异国他乡的公民，而且，一别就是那么多年，这难道是生活中的偶然与巧合吗？叫人难以置信。可更令人难以置信的是，生活又给这对远隔太平洋的父子安排了另一种巧合。

他们都曾和艾青相识

用艾青的夫人高瑛的话说，这真是"最富戏剧性"的一幕！

彭氏父子竟在不同地点、不同时间，都结识了当代中国诗歌界的著名诗人艾青。

1980 年 9 月，艾青应邀访问美国。在华裔作家、美国国际写作中心主席聂华苓及其丈夫安格尔在纽约举行的宴会上，艾、彭两位诗人见面了。

握手寒暄之后，彭邦桢拿出了一张照片，说："艾青先生，您认识他们吗？"

"啊！这是班比，彭班比！"高瑛先认出来了，"是的，是的，是那个小伙子！"艾青点点头。

"他是我儿子！这是我儿子的一家。"彭邦桢说。"啊？"满座皆惊，满座皆喜。

艾青怎么认识彭班比？彭邦桢又怎么知道艾青和班比的关系？

原来，彭班比在国内报纸上得知艾青访美的消息，立即写信告诉了父亲，请他在美国向艾老问候。十年浩劫中，班比曾和艾老一家在石河子最荒凉的"小西伯利亚"——144 团劳动，在患难中结识，在患难中互相关心。班比至今记得艾老住在一个狭小的地窝子里，也住过羊圈，在刺骨的寒风中下地劳动、放羊，给树木剪枝……

班比和他的妻子也把近 20 年的青春，献给了那片戈壁和荒原。他们和艾青曾是挺不错的邻居和朋友。粉碎"四人帮"后，艾青回到了北京，班比因照顾落实政策后的母亲，举家迁到母亲的故乡——四川江津。想不到，他和艾青的联系，竟在美国由他的父亲延续下去了，难怪高瑛要连声说，这是一次戏剧性的见面了。

尽管生活给他们父子俩作了这样那样的安排，在他们的人生道路上有着这样那样的际遇，然而，过往的一切，无论是辛酸的、苦涩的还是甜蜜的，如今都化成亲切的怀念了。在他们心中，都有一曲对祖国深情的歌。

心，永远向往祖国

也是在 1983 年中秋之夜，中央电视台在晚会节目中播放了彭邦桢的诗和歌，电影演员项堃朗诵了《月之故乡》和《夜莺》，男中音歌唱家刘秉义演唱大陆作曲家根据《月之故乡》谱写的歌曲，班比立即将这一消息告诉了父亲。刚从意大利返美的彭邦桢激动不已，含泪于 10 月 5 日从纽约写来长信，倾诉了他的肺腑之言："看你的信，很使我感动，想不到中央电视台会在联欢会节目中由名演员项堃朗诵我的两首诗，又由著名的声乐家刘秉义先生歌唱我的《月之故乡》。"

"关于《月之故乡》这个曲子，我也曾请人为我唱过两次，一次是由古筝、琵琶伴奏的，一次是由吉他、钢琴伴奏的。此调非常深沉，温婉动人，就是我听了之后，都会为之酸鼻和流泪，因为它就是我的心声，而谱曲也好，是以作诗的人也有同感。"

说来也巧，彭邦桢是在中秋节出生的，而他 1938 年告别父母参加抗战时，也恰是在中秋节后。他说："说来，中秋节我是每年都不曾过的。不说我不吃月饼，也不赏月，甚至我都想把它忘记。"为什么竟至于此？他写道："每年中秋望月给我感慨最多，是以我能不过中秋就不过，免得触景生情。像今年，我曾在罗马的一个白天里看到月亮，但在晚上我却不曾去望它……"

彭邦桢 1977 年圣诞节夜，望月生情写成了脍炙人口的《月之故乡》，至今已有六个年头。随着岁月的流逝，如今他竟连月亮也不敢看、不能看，一看便心绪潮涌，涕泪横流，爱之深，恋之沉，世人莫能及也！

《月之故乡》，一首多么深情的歌，难道仅仅因为是生父所写，彭班比才唱出了深深的感情么？不！没有对祖国的赤子之情，是唱不好这首内在深沉的歌的。

彭班比，在不堪回首的岁月里，曾受过不少委屈和磨难。每每有人重提往事，他便把手一摆，说："整个国家、人民都在受罪，何止我彭班比，不提啦！"他是一个工人，一个普普通通的工人，却又是一位勤恳、踏实的工人。正直、热情、活泼、乐于助人，是他的天性，同事们都喜欢他。

国内外的亲人曾要他出国定居，他迟迟未去。有人说他傻，他说的可新鲜："别人都说外国好，我看不见得！像我这样一个人，文化不高，本事不大，出国干什么？说不准工作也找不上一个。还是社会主义好，不用担心失业，不用担忧生疮害病……"

"你不能靠你父亲吗？"有人问。

"父亲？父亲是父亲，我要依靠我自己，叶落归根，我父亲终归也是要回来的！因为，他的心向着祖国。"

没有豪言壮语，但在这些朴素的语言中闪烁着一种最珍贵的东西，那就是全民族共有的爱国之情！是的，这不仅是彭班比的心声，也是他父亲真正的声音。在这种信念的鼓舞下，班比脚踏实地地劳动着，奋斗着。他和他的妻子、孩子们，还有他生病的母亲一样，期待着祖国统一、亲人归来，期待着美好日子的到来！

1984 年 6 月发于上海《文学报》

邓若曾东京逸事

女招待说

邓先生，你为什么不见她？她是个和蔼可亲的老奶奶，已经等待好几天了，你们还未到日本她就来打听过！她说，她跟您是亲戚……

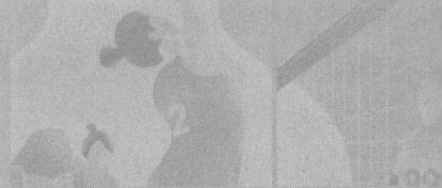

本文原发于《西南经济日报》副刊。

她徘徊在中国队驻地门口

这是一段令人心痛的往事。

1964 年，中国男排首次赴日访问比赛，下榻在东京一家雅致洁净的旅馆。对于这次访问，日本报界作了充分的报道，中国队主力队员的照片刊登在各大报纸上，而作为中国男排队长的邓若曾，更是宣传的主要对象。

尽管因为日本右翼政客岸信介之流的竭力阻挠，中日两国当时尚未复交，然而，中国运动员赴日比赛的消息仍然不胫而走。抵达当晚，许多由民间友好人士赠送的礼品和鲜花，便源源不断地送往中国运动员的驻地。

就在邓若曾随队抵达东京的第二天，女招待突然给他送来了一束鲜花和一封信札。

"邓先生，楼下有人请求见您。"女招待微微躬身，把那封白色的信函递到他的手上。

"会是谁呢？"他暗自纳闷，一眼瞥见了信札上的名字：宫川静子。

邓若曾脑际发出一声轰响！呵，是她！她还活着？她离开中国已经11 年了，邓若曾那时刚满 17 岁！11 年间，这个名字如梦魇一样缠绕在他心底，摆脱不开。而今，当邓若曾肩负重任出访之时，她又像幽灵一样出现了。

邓若曾望着信上熟悉的字体，脸色由红变白，呼吸也急促起来，他把信札还给女招待，摆摆手，坚决地说："对不起，我不能见她！"

女招待甜甜的笑靥消失了，代之以迷惑与不解。"邓先生，你为什么不见她？她是个和蔼可亲的老奶奶，已经等待好几天了，你们还未到日本她就来打听过！她说，她跟您是亲戚……"

"不见就是不见！"邓若曾的脸上掠过一丝阴影，"小姐，请对她说，我太忙，对不起……"

然而，不论邓若曾怎样躲避，她每日都来旅馆守候，只要遇上中国人模样的，都要用熟练的中国话唠叨半天。对每个人她都要仔细端详，就连保卫人员也赶不走她。

她越想见邓若曾，邓若曾越不敢见她。只要听说她在楼下，他便从另一道门进出。她带给他的所有物品，邓若曾统统送到代表团领导房里。

宫川静子仿佛铁了心，越见不到邓若曾，她求见之心越迫切，后来干脆整日在旅馆大门口花园里徘徊，守住出入必经之地。

邓若曾不敢见这个被他视为洪水猛兽的日本女人，却也被她那不达目的不罢休的精神所感动。他曾经一次又一次地悄然站在窗口，打量这位求见不得的日本老太太，禁不住思绪潮涌，回忆起那欲说还休的往事。

命运把她与中国连接在一起

她的故事以甜蜜的爱情开始。

1926 年冬天，一位身材修长、英俊洒脱的中国青年漂洋过海来到日本，考入早稻田大学政治经济系，他就是来自中国腹地四川省江津县白沙镇的赫赫有名的大户人家子弟邓石士。

邓石士风流倜傥，才华出众。六年苦读不但学富五车，满腹经纶，还赢得了一位日本少女的芳心，这位日本少女便是宫川静子。其时，静子在一所医科学校读书，一经邂逅，她便迷上了邓石士，断然终止学业，与他结为伉俪。而后辞别并不赞成这门婚事的父母，于 1933 年随夫来到陌生的中国，来到万里之外的天府之国四川。

东洋女子嫁给中国男人，曾在江津白沙一带引起轩然大波，尤其是在漫长的抗日战争期间，人们对这位东洋女子或多或少带有一些怀疑和敌对的情绪。然而，这里的村民很快就发现，这个日本女人对中国人很友善，很亲切。她会种牛痘，会打针。她会裁剪，会缝纫，粗布料子在她纤弱的小手摆弄下，会变成一件件好看的衣裳。她笑口常开，彬彬有礼，完全没有日本人轰炸重庆、江津后给人们留下的野蛮残忍印象。她赢得了村民们的心。

她在中国生活了20个年头，为邓石士养育了六个儿女。她已经和中国的山中国的水，和中国的老百姓紧紧融合在一起。然而，突然间的一场风暴把邓石士卷了进去：1951年3月，他被作为恶霸地主镇压了，宫川静子也在惶惑之中于1953年被只身遣返日本。

离开生活了20年的中国故地，扔下六个亲生骨肉，宫川静子怎能不辗转反侧昼夜难眠！就在前几天，她从报纸上看到了中国男排访问日本的消息，看见了一个个生龙活虎的男排队员的照片，邓石士的胞弟之子邓若曾居然也名列其中，还是中国队赫赫有名的队长！她大喜过望，连夜从东京都日野市赶往中国队下榻之地，以求见侄儿一面。

然而邓若曾不敢见她。有几次，她明明看见他与同伴朝自己走来，眨眼间却又无踪无影。她拉住中国队员问这问那，往他们口袋里塞糖果塞巧克力，却总也打探不到邓若曾的消息。宫川静子哪里知晓邓若曾的苦衷。这些年来，因为伯父被镇压，他吃够了苦头，每一次运动都要检查，都要划清界限！如果再和宫川静子纠缠不清，岂不是又自找麻烦？

也许是宫川静子的笃诚与坚毅感动了"上帝"。一天，访问团领导忽然通知邓若曾，允许他与伯母见面，但必须有两位我方领导陪同。

婶侄见面了。宫川静子喜泪盈眶，一个劲地询问中国的情况，打听六个儿女的消息。邓若曾面对欣喜若狂的伯母，竭力控制自己的情绪，机械地回答她问不够的问题。他必须谨慎行事，因为身边还端坐着我方的两位官员。

令人欣慰的结局

1985年6月5日，一封信函从日本东京都日野市飞往中国四川成都：

四川省人民政府：

我叫宫川静子，是日本人，今年 70 岁。我非常高兴地看到，这 10 多年来，日中两国恢复了邦交，睦邻关系愈加亲善……我衷心祝愿中国早日实现四个现代化。我在中国生活过 20 年，这一辈子与中国是分割不了的。我的余年不多了，可是我心中还压着一块沉重的石头：已经有 30 多年了，那是在 1951 年，我的丈夫邓石士，以恶霸地主的名义被镇压。至今我还不知他的罪名从何而来，他的罪行是哪些……

1953 年，我被中国政府要求单身返回日本，不得携带子女……回忆这段往事是催人泪下的。我希望四川省人民政府按照共产党的政策，认真调查，尊重事实，为我的丈夫申冤，帮助我卸掉心中的巨石。

收到信函，四川省人民政府迅即函告江津县人民政府调查此案，江津县人民法院在短短的八个月中便结案上报。1986 年 7 月 18 日，重庆市中级人民法院二庭作出正式判决：

邓石士早年留学日本，回国后，于 1938 年在中国国民党中央军校四川省成都分校任中校教官等职。以后，在四川省重庆市江津县等地从事教育工作，原判以恶霸地主罪定性科刑均属不当。依照《中华人民共和国刑事诉讼法》第 136 条（三）项之规定，判决如下：

一、撤销四川省江津县人民法院一九五一年三月判处邓石士死刑的判决；

二、宣告邓石士无罪。

本判决为终审判决。

消息传到东京都日野市，70 余岁的宫川静子老泪纵横。她拿出珍藏了 30 多年的丈夫遗照，喃喃自语："石士，你没有罪，你不是恶霸……"

当天，她在丈夫灵前摆上饭菜，烧香祷告，洒酒祭魂。已经移居日本的女儿邓敬芙、雷敬蓉和妈妈抱在一起，喜极而泣。

同年 11 月，雷敬蓉专程返回中国，向有关方面致谢。她说，妈妈宫川静子十分想念中国，想念丈夫的故土四川，有生之年她要回到中国，亲眼看看中国发生的巨大变化，亲自感谢十一届三中全会之后勇于纠正冤案的人民政府，她要为日中两国的世代友好尽心尽力……

事实上，1964 年发生的事件再也未曾重演。1979 年，邓若曾担任中国女排教练之后，曾经多次前往日本参赛交流。尽管邓石士的冤案当时还未平反，宫川静子却已经能与邓若曾自由晤面、随意来往了。她曾经给邓若曾送上可口的日本食品，邓若曾也曾到她家中做客，婶侄再不是陌路之人，亲情重新在他们之间萌生，岁月的伤痕也已被喜悦和慰藉填平。

这就是邓若曾和他伯母的悲情故事。

1990 年 10 月写于化龙桥虎头岩下

第二部分　繁花